【増補改訂版】

基礎からわかる

はじめての俳句

上達のポイント

上野貴子 著

はじめに

私と俳句との出会いは、ある日突然やって来ました。それは今から二十年以上前の出来事です。偶然自動販売機でお茶を買ったことから始まります。そのときおつりを取ろうとした瞬間に、伊藤園の俳句大賞の募集ハガキが目に入り、これ出してみようと思い応募したところ、それが奨励賞に入り、これは勉強してみようという想いになり、ここまで俳句の面白さに魅了されてしまったのです。始めるきっかけはまさしく偶然でした。誰にでも、そんな偶然の出会いってありますよね。

この本は「おしゃべり俳句レッスン」というテキスト本をもとにして、その改訂版のつもりで書き上げました。この一冊であなたも俳句が詠めるようになります。俳句は日本独特の分野ですので、言葉の使いかたや選びかたなど、さまざまな日本語の源となっていると思います。

ついつい忘れてしまっている日本語の美しさを、俳句を通して、ひとりでも多くのかたにわかって頂けたら幸いです。普段はどうしたら俳句に触れることができるかわからずにいる初心者のかたにもわかりやすい説明でまとめてあります。

日本語の美しさを俳句を通して、是非とも、身に付けて下さい。かけがえのないあなたの人生の大切な心の宝物となるに違いありません。

令和6年　5月吉日

上野 貴子

基礎からわかる　はじめての俳句　上達のポイント　増補改訂版

目次

※本書は2020年発行の『基礎からわかる はじめての俳句 上達のポイント 新版』の内容に作例と添削例を追加し、加筆・修正を行った増補改訂版です。

場所を素材に詠む

さまざまなお祝いの機会に詠む

第四章　上達するための楽しい習慣づくり

第五章　季語一覧

第一章　俳句とは

・俳句とは何か

この章では、俳句の歴史と基本的なルールをわかりやすい例句とともに解説し、俳句とは何かを紹介しています。

ポイント 1

俳句とは何か

俳句は数秒間のドラマです

例句

波白く寄せ来る浜の旅始

季語

「旅始」

新年

句の意味

この句は伊豆の海へ新年の旅始に出かけたときの句です。伊豆の海は穏やかで、波が優しく砂浜へ打ち寄せていました。ゆるやかにカーブしながら波が砂浜に跡を残し引いてゆく光景が、静かなお正月らしさを粛々と感じさせてくれます。

散文や詩など俳句以外の他の文章は、読み始めから終わるまでに、ある程度の時間がかかります。それは、読者が物語を読み進める時間と、物語を想像するたびに進行する時間とがどちらもかかり、その物語を、読み終わるまでが、その文章にかかる時間だからです。

その点、俳句は数秒間で、全体をいっぺんに読み取ってしまう。それは、つまり時間を超越して五・七・五の十七文字十七音に凝編されているからです。

チェック1

凝編されたものは物体もあれば形のないものもある

そして、その凝編されたものは、明らかな物体であったり、自然の中で形をなさない、例えば季語であったりします。

明らかな物体

波、浜

形のないもの

旅始（「新年」の季語）

※季語についてはP32参照

チェック2

作者の想いを十七文字十七音に凝縮する

短いたった十七文字十七音に、作者の伝えたい背景の全てを織り込み、一語一語、一文字一文字に、その作者の想いを凝縮しているのです。それはあたかも数秒間のドラマを見ているかのようです。

例句では、ゆったりと静かなときの流れの中で、波が砂浜に跡を残し引いてゆく光景を眺めながら、お正月を感じている主人公の姿が目に浮かびます。

波白《なみしろ》く　寄《よ》せ来《く》る浜《はま》の　旅始《たびはじめ》

なみしろく	よせくるはまの	たびはじめ
5文字・5音	7文字・7音	5文字・5音

（合計）17文字・17音

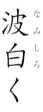

ポイント 2

俳句とは何か

俳句は心のスケッチです 表現は具体的にしましょう

例句

輪に切るか
二つに切るか
秋なすび

季語

「秋なすび」 秋

句の意味

秋なすは、みずみずしくて美味しいです。俎板の上で輪切りにするか大きく二つに切るか悩んでいる女心を表現したお料理の俳句です。

心の中に生じた感動を言葉によって表すには、表現方法がまわりくどくわかりづらくては俳句にまとまりません。そこで、**心のままの感動を俳句にするには、具体的な句材に焦点を絞らなければなりません。ですから俳句には具象性が必要になります。**

チェック 1

俳句で肝心なのは具象性

例句のように、日常の事柄を詠むには、具体的な句材をそのまま描写したり、その句の句材の場所や時間を目にみえるように言葉で表現したりします。

例句2

トーストのこんがり焼けて春早し

季語

「春早し」

春

句の意味

早春の朝、トーストがちょうどよく焼けて香ばしく美味しそうな情景が浮かびます。そんな、心穏やかですがすがしい気持ちを詠んだ句です。

句材　野菜、花、鳥、山、月、海、など

場所　台所、公園、乗り物の中、映画館、遊園地、など

時間　朝、昼、晩、深夜、など

チェック2

わかりやすく目に浮かぶように

句材をできるだけ詳しく描写しようと心がけましょう。その上で作者の想像力を生かして飛躍した発想の言葉で五・七・五にまとめましょう。

チェック3

具象性のある言葉で心をスケッチ

俳句はその句材を、いかに具象性のある言葉で表現し、そこに作者の言いたい心を写し出せるかどうかが大切です。

ポイント 3

俳句とは何か
俳句の歴史を知りましょう

江戸時代前期

江戸時代前期に、松尾芭蕉が誕生しました。今日芭蕉の名を知らない日本人はいないでしょう。彼が生涯に残した発句の数は決して多いとは言えません。全部で千句足らずだと言われています。けれども、作風の変化は著しく、一所にとどまらず常に進展しています。松尾芭蕉は、まさに旅する俳人でした。

江戸時代中期

江戸時代中期の俳人・画家として与謝蕪村が誕生しました。幼い時期から絵画に長じ、文人画で大成するかたわらで俳諧を学び、感性的、浪漫的俳風で離俗の精神を生み出しました。

江戸時代後期

江戸時代後期には、小林一茶が誕生しました。信州柏原の人です。十五歳で江戸へ出て俳諧を学び、俗語、方言を使いこなした、不遇な経歴からにじみ出た主観的・個性的な句が特徴です。晩年は郷里で逆境のうちに亡くなっています。庶民的で愛情に満ちあふれた句を多く残しています。

この江戸時代の後期に俳諧は日本全国に広まってゆきます。

明治時代以降から現代にいたるまで

江戸時代の末期には、一茶の他に、越後出身の歌人である良寛が句も詠んでいます。そして、幕末から明治維新へと時代は移り変わってゆきます。明治維新により、江戸時代の長い間の鎖国が解かれ開国とともに急速に欧米化へと進んでゆきます。

俳諧の世界では、この時期に正岡子規が俳句革新運動をおこします。俳句、短歌ともに写生（写実）を旨とする文学であると主張し、俳句では河東碧梧桐《かわひがしへきごとう》、高浜虚子《たかはまきょし》、短歌では伊《い》藤佐千夫《とうさちお》などを育て、現代まで引き継がれています。

そして、戦後から今現在まで、「俳句」と言う呼び名は変わることなく受け継がれています。

チェック1

芭蕉が「俳諧の発句」から独立した「発句」へ

俳句は、江戸時代前期の松尾芭蕉により文芸的な「発句」として創始されました。

チェック2

全国各地へ広まる

俳句の進化はその後、与謝蕪村、小林一茶と続き、江戸時代後期に全国に広まりました。

チェック3

俳句の歴史　明治時代、正岡子規によって今の俳句の形が確立された。

俳句の歴史一覧

時代	人名（生存年）	代表句	コメント
江戸時代前期	松尾芭蕉（俳人）［1644〜1694］	古池や 蛙《かわず》飛び込む水の音 季語「蛙」・春	深川の芭蕉庵に居を移してから俳諧に高い文芸性を賦与し、蕉風を創設。開眼の一句とされているのがこの句です。
江戸時代中期	与謝蕪村（俳人・画家）［1716〜1783］	菜の花や 月は東に日は西に 季語「菜の花」・春	中七と下五が対句になっていて空間が広く感じられます。
江戸時代後期	小林一茶（俳人）［1763〜1827］	やせ蛙 まけるな一茶是にあり 季語「蛙」・春	庶民的で愛情に満ちあふれた句を多く残しています。
	良寛（歌人）［1758〜1831］	散る桜 残る桜も 散る桜	18才で出家し諸国を行脚した。万葉調の歌人として、その人からの高潔さも有名です。
明治時代	正岡子規（俳人）［1867〜1902］	柿くへば 鐘が鳴るなり法隆寺 季語「柿」・秋	子規による俳句革新運動でその形は一句独立した「俳句」と変化してきました。
明治時代以降から現代に至るまで	高浜虚子（俳人）［1874〜1959］	流れ行く 大根の葉の早さかな 季語「大根」・冬	虚子により「俳句」が多くの人々に浸透するまでに大衆化してきました。
	河東碧梧桐《かわひがしへきごとう》（俳人）［1873〜1937］	赤い椿 白い椿と落ちにけり 季語「椿」・春	この句は季語が二つもあり、有季定型としては、季重なりとなりますが、その斬新さが碧梧桐の代表句とされています。

ポイント 4

俳句とは何か

四季折々の移ろいを詠みましょう

例句

げんげ畑
遠のいてゆく
町の音

季語

「げんげ」

春

句の意味

れんげの花が野原一面に畑のように咲いてます。その向うに電車や車が走り抜けてゆく様子が、まるで町の喧騒が遠くへ消えてゆくように感じる光景を詠んでいる句です。

季語を一つ詠み込むのが、俳句の決まりです。この有季定型と言われる俳句の決まりには、五・七・五の十七文字十七音の句の中に季語が必ず一つ必要なのです。一句の中の季語とは、その句の季節、つまり、時間的な設定を表す言葉のことです。

それでは、季語は、春夏秋冬を表す言葉なら、何でも良いのかと言うと、けしてそうではありません。時代や流派によって定められていますから、「歳時記」（P22参照）や「季寄せ」（※）を使って、間違いのないように推敲するようにしましょう。そして、俳句では、季節を感じさせる言葉が、統一されていたほうが良いと言われています。つまり、季感がはっきりとわかったほうが良いと言うことです。

例えば、春なら桜。夏には緑。秋には月。冬には雪など、その季節のはっきりとわかる季語と、誰にでもわかりやすい句材が、俳句の柱を成していると、句意が伝わりやすくなるということなのです。

※季寄せ：「歳時記」の簡略化されたもので、俳諧《はいかい》の季語を分類・整理して、各語に簡単な説明をつけたもの。

チェック1　季節に合った季語を詠む

俳句の季節とは、春夏秋冬の四季に新年を加え、作品のその季節に合った季語を詠み込むものです。

季語の例　詳しくは第五章参照

季節	季語
春	雛祭、春雨、薄氷、ほか
夏	立夏、母の日、新緑、ほか
秋	残暑、重陽、夜長、ほか
冬	三寒四温、息白し、大根、ほか
新年	新春、初春、初日の出、初夢、ほか

チェック2　共感が得られる季語を選ぼう

「歳時記」や「季寄せ」を使い、読者にわかりやすい季語を見つけ出すと良いでしょう。独りよがりで句の中の季節がめちゃくちゃでは、読む人の共感は得られません。

チェック3　まずは、誰にでもわかる季語を探し詠み込んでみよう

春なら桜。夏には緑。秋には月。冬には雪など、その季節に代表されるような、はっきりと季節がわかる季語と、誰にでもわかりやすい句材を選んで俳句を詠むことから始めましょう。

ポイント 5

俳句とは何か

物語の持つシチュエーションを上手に表現しましょう

例句

草の秋
風のゆく方《え》の
定まらず

季語

「草の秋」 秋

句の意味

秋の野山では、草の先があちらこちらと強い風に振り回されています。まるで風の方向が定まらずに荒れているようです。秋の心の不安定さを感じますね。

俳句は、いつ（どの季節で）、誰が誰と、どこで、何をしたか（何を感じたか）、いわゆる、物語の持つシチュエーションを十七文字十七音の句の中に上手に詠み込むことが大切です。

チェック1　ストーリーの要は季語

いつ（どの季節）のことを詠んでいるかをはっきりさせましょう。

この句の季語は「草の秋」ですから、この句は秋の句です。季節がはっきりするだけで、この句のストーリーが捉えやすくなります。

チェック2　シチュエーションをはっきりさせる

できるだけ、誰が誰と、どこで、何をしたか（何を感じたか）、いわゆる、物語の持つシチュエーションをはっきりさせましょう。そうすれば、読者がそのストーリーを想像できます。

物語の持つシチュエーションをはっきりさせる

いつ（どの季節で）	秋
誰が誰と	作者が秋の草と
どこで	秋の山野
何をしたか（何を感じたか）	秋風のように人の心の不安定さを感じた

チェック3　軸の季節に合わせて季語を使おう

俳句の物語が持つシチュエーションをはっきりさせるためには、季語が重なった「季重なり」（※）の句は、あまりよくありません。また春の句なのに秋の木の実を詠むなどの季節違いも、その句が何を言いたいのかわからなくなりますね。

例句は、季語が一つで季重なりの句ではありません。

※季重なり：一つの句に季語が重複すること。

ポイント 6

俳句とは何か

「歳時記《さいじき》」「季寄《きよ》せ」を活用しましょう

例句

名月や池をめぐりて夜もすがら

松尾芭蕉

季語 「名月」 秋

句の意味

仲秋の名月の今夜、その美しい月が池に写り池を回るように、一晩中眺めていたいものだと詠んでいる。

俳句を詠むためには、歳時記や季寄せを辞典のように使うと便利です。何か言葉を引くと、必ずその言葉の読みかたや意味、そして、いつの季節を示している言葉かが載っています。

言葉の季節を写真や例句を使い、わかりやすくまとめている書物が「歳時記」です。一方、同じように季節の言葉を中心にわかりやすくまとめてありますが、写真が少なく、俳句の例句が多い書物を「季寄せ」と呼んでいます。どちらも、季題の意味を調べるのに便利です。

チェック1

歳時記を使おう

まず、季節感のある言葉はどれかと考えます。例句の場合は「名月」ですね。そこで、歳時記でこの言葉を調べてみましょう。すると「名月」は「秋」とわかります。

チェック2

季語かどうかを調べる

次に、季節感のわからない言葉は、それぞれが季語であるか否かを調べます。

これは、国語辞典からもわかりますが、歳時記や季寄せの場合は、載っていれば季語です。そして載っていない言葉は季語ではありません。歳時記や季寄せは季語を集めていますから、そこが国語辞典とは違うところです。

チェック3

歳時記は複数揃えると役に立つ

季節の行事や各地の風物詩について、また時候の挨拶文などの言葉を探すには歳時記は大変便利です。四季おりおりの行事や風物詩などで、季語とされている言葉の解説や写真などが豊富に掲載されているものが数多く出版されています。

［著者おすすめの歳時記］

『俳句歳時記』角川学芸出版（角川ソフィア文庫）
『日本たべもの歳時記―春・夏・秋・冬・新年』講談社（講談社プラスα文庫）
『四季花ごよみ―草木花の歳時記』講談社

―などです。

ポイント 7

俳句とは何か

俳句は誰にでもわかり、詠めます

例句

雪の朝
二の字二の字の
下駄のあと

田捨女

季語

「雪の朝」 冬

句の意味

雪の朝は、辺り一面が真っ白くて美しいです。そんな雪の上を朝の支度のためでしょうか、誰かが通った下駄の跡が、漢字の二の字となって、どこまでも続いています。

チェック1
共感したり共感を呼んだりすることが大切

例句は、冬の朝の雪景色がまざまざと目に浮かぶほど、わかりやすく表していると思います。

この句は江戸時代の作品ですが、時代を越えて現代人にも共感できる、わかりやすさの原点を備えた句といえるでしょう。

チェック2
俳句特有の決まりごとを知ることが大前提

俳句は、読者が作者と同じ詠み人となり得る文学です。そこには、俳句の日本古来の長い歴史にもとづいた形式がもたらす不変的な世界があります。また、日本人に長い年月の間に培われ、根づいて来た俳句特有の決まりごとがあるからこそ、時代を越えてどんな日本人の心をも動かしてやまない魅力を放っているのです。

俳句特有の決まりごと

- 「五・七・五」で表現
- 季語は必ず一句に一つ入れる
- 季重なりはNG

—など。

※詳しくは第二章参照。

俳句は、有季定型という決まりごとさえ知っていれば、誰もが鑑賞でき、誰もが作者になれます。

例句のように、日本人の日常の平明な言葉から俳句を生み出すことができるため、誰にでも詠めるものなのです。

俳句の鑑賞をより楽しむためには、他の作者が作ったその句の中の表現から、**作者の意図を理解したり共感したりすることが大切です。**また、作句においては、いかに他の人の共感を呼ぶことができるかが大切で、その点、独りよがりな表現ではなりません。

コラム
1

誰でも知っている俳句

俳句と聞いて、まったく知らない人はいないと思います。もちろん、聞いたことがある。子供の頃に習った。といったところの認識にすぎませんが、それでも、それは何ですかと言うような、いわゆる、ちんぷんかんぷんな日本人はいない分野です。

ところが、最近では、知っているつもりで知らない大人が多く、文字離れが激しいようです。ビジュアル化の波は、ここにも押し寄せていますね。

けれども、俳句は、思い返してみると、とても懐かしい文芸です。日本人の深層心理に根強く焼き付いていて、心に響く言葉がたくさんあります。気が付けば、あの言葉もこの言葉も知っている、聞いたことがある、という発見が続出します。例えば、「名月」は秋の季語ですし、「桜」は春の季語です。何でも俳句の季語なのかしらと思ってしまうくらいです。実は、身近なところにあふれているのが、俳句なのですね。俳句は日本の代表的な言葉の文化そのものですね。

第二章 俳句のルールをおさえて詠みましょう

・俳句のルール
・俳句の表記

この章では、俳句の用語とその使いかたを、テーマごとの例句とともに詳しく解説し、わかりやすく俳句のルールと表記について説明しています。

ポイント 8

俳句のルール

字余り・字足らずは避けるのが基本です

例句

笈《おい》も太刀も五月にかざれ帋幟《かみのぼり》

松尾芭蕉

季語

「五月」夏

句の意味

この寺では、武蔵坊弁慶の笈（衣類や食器、仏具などを入れて運ぶ背負い箱）と源義経の太刀を寺宝としていると言うから、端午の節句（5月）に紙幟と一緒に飾ってほしいと、松尾芭蕉が医王寺（福島県福島市）を訪れて茶をもらったときに詠んだ句です。武勇名高い源義経と武蔵坊弁慶ゆかりの品は、端午の節句にふさわしいですね。

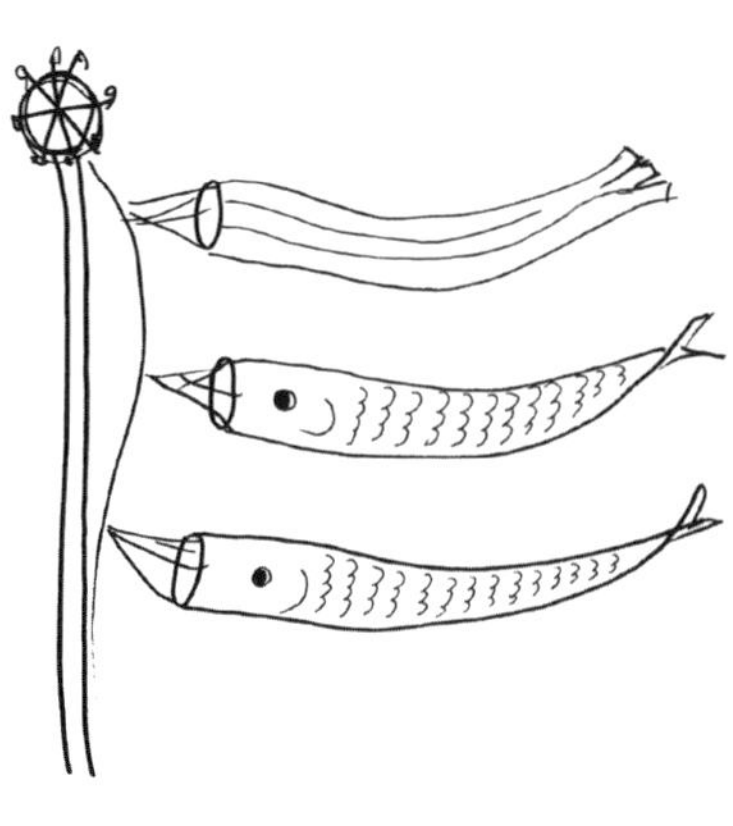

俳句は定型詩と言われている韻文で、十七文字十七音です。ひらがなにして数えてみましょう。その際に、上五中七下五に入らずに文字数が多い場合を「字余り」文字数が足りない場合を「字足らず」と言います。

チェック1　ひらがなにして音数を数える

まずは、ひらがなで指折り数えてみましょう。例句は、「おいもたちも　さつきに　かざれ　かみのぼり」となり、六・七・五の句になっていますから字余りです。

音数の数えかた

種類	詠みかたの例
撥音（はつおん）	「ん」で表記する音。「はねる音」とも言う。ほぼ単体では使わず、語中または語尾に繋げて使われるが、1音に数えられる。【例】天気＝「て・ん・き」（3音）／蜜柑＝「み・か・ん」（3音）／万華鏡＝「ま・ん・げ・きょ・う」（5音）
促音（そくおん）	「っ」で表記する音。「つまる音」とも言う。1音に数えられる。【例】河童＝「か・っ・ぱ」（3音）／八朔＝「は・っ・さ・く」（4音）／一身＝「い・っ・し・ん」（4音）
長音（ちょうおん）	長く伸ばす音で母音（あいうえお）になる。1音に数えられる。【例】フリー＝「ふ・り・い」（3音）／母さん＝「か・あ・さ・ん」（4音）／ケーキ＝「け・え・き」（3音）
拗音（ようおん）	小さい「ゃ」「ゅ」「ょ」で表記する部分。前に付く字と合わせて1音になる。近年は「ぁ」「ぃ」「ぅ」「ぇ」「ぉ」も拗音とすることが多い。【例】瓢箪＝「ひょ・う・た・ん」（4音）／チャイム＝「ちゃ・い・む」（3音）／フィクション＝「ふぃ・く・しょ・ん」（4音）

チェック2　字余りや字足らずは基本的に避ける

上五が「おいもたちも」と6文字なのでこれを字余りと言います。有季定型では、字余り・字足らずはあまり良いとはされません。

チェック3　ときには、字余りや字足らずでも効果が得られる

けれども、例句は松尾芭蕉の『奥の細道』に収録されている句です。芭蕉はここでは字余りでも良しとしたようですね。このように、ときには字余り・字足らずも新鮮さや斬新さをもたらす効果が得られます。

ポイント 9

俳句のルール

句またがりはリズム感を大事にしましょう

例句

木の葉ふりやまずいそぐないそぐなよ

加藤楸邨

季語

「木の葉」冬

句の意味

冬支度を始めた木から落ち葉が降り止まない。その様子は自分自身の姿のようでもある。いったい何をそんなに急ぐのか。もっとゆっくりしたらいいじゃないか。加藤楸邨がこれまでの自分の人生を、木の葉の落ちる様子と重ねた感慨が表現された句です。

チェック1

「句またがり」とは何か

例句では「木の葉ふりやまずいそぐな」と上五から中七にかけて、句の意味がまたがっています。それでも全体的な韻律には違和感がなく効果的です。このような構成を「句またがり」と言います。

木の葉ふり
やまずいそぐな
いそぐなよ

上五から中七にかけて、句の意味がまたがっている＝句まがたり。

チェック2

「句またがり」は広がりを演出できる手法

全体で十七文字ですから、字余りや字足らずではありません。定型の範囲内と解釈することが多く、定型では出せない変化やイメージの広がりを演出できる効果も得られるので、よく使われる手法です。

チェック3

「句またがり」では切れ字を使う場合がある

「句またがり」では、言葉の節目をはっきりさせるために切れ字を使うこともあります。例句では「ず」で意味が分かれていますね。

これは、手法としてはよく使われますが、五・七・五の調べからは破調と言われています。簡単に言えば、一句を全体で、十七文字十七音にまとめると言うことです。

句全体で十七音に収まっているけれど、言葉の意味が五・七・五の節目に合っていないものを「句またがり」と言います。例句では、音が「木の葉ふり」と「やまず」で別れていますが、意味としては「木の葉ふりやまず」でつながっています。

「句またがり」は、字余り・字足らずと同じように句の定型から外れていますが、緩急のあるリズムや印象的な言い回しなどの効果が狙えます。

ポイント 10

俳句のルール

作句するときは季語を入れましょう

例句

冬林檎 噛めばちょっぴり 歯に染みる

季語

「冬林檎」 冬

句の意味

冬の寒い日には、林檎まで歯に染みますね。林檎の甘酸っぱさに寒さの辛さを重ねた句です。

俳句の季語とは、その句の季節を表す言葉です。日本以外の地域では、時間的な変化や気温の変化などがさまざまですが、日本では、四季おりおりの言葉で季節を表します。その言葉が季語です。季語にこだわらない「無季俳句」でなければ、季節に沿った季語を入れましょう。

チェック1
上五に季語がくる場合

例句では、「冬林檎」という言葉を上五に持ってきました。これは「冬」が付いた言葉ですから、とてもわかりやすい季語です。

冬林檎
噛めばちょっぴり
歯に染みる

上五に、「冬林檎」と言う「冬」が付いたわかりやすい季語を持ってきている。

チェック2
下五をいかしたフレーズの使いかた

このように「冬林檎」を詠んだ句とわかるだけで「歯に染みる」というフレーズが上手くいかされたフレーズとなりますね。夏では随分違うと思います。

冬林檎
噛めばちょっぴり
歯に染みる

「冬林檎」を最初に持ってくることで、下五の句「歯に染みる」がいかされる。

チェック3
当季を詠む

季語は、作者が俳句を作るときの季節のものを使います。これを当季と言います。もし、俳句を詠むときが春ならば、春の季語を詠み込むことになります。

季語には、俳句を作るときの季語「当季」を使う（その季節の季語）。

ポイント 11

俳句のルール

切れ字で俳句のリズムを整えましょう

俳句は五・七・五の音で成り立っているので、このフレーズに合わせて言葉を組み立てる必要があります。日本語のリズムは、昔から五七調や七五調と言われ、俳句では、その調べを整えるために「切れ字」が使われてきました。代表的なものに「や」「かな」「けり」があります。

例句

梅が香に
のっと日の出る
山路かな

松尾芭蕉

季語
「梅が香」 春

句の意味

朝の山道で、梅の花のさわやかな香りが漂う中を歩いていると、太陽がぬっと顔を出した。「のっと（のっと）」は当時の俗語で、現在の「ぬっと」にあたります。狭い山道から見晴らしの良い場所に出た様子が伝わります。

チェック1　「や」の使いかた

「や」を使った例句です。切れ字により詠嘆を表しています。

例句

夏草や兵《つわもの》どもが夢の跡

松尾芭蕉

季語　「夏草」　夏

チェック2　「かな」の使いかた

「かな」を使った例句です。切れ字留めで終わりを表しています。

例句

さまざまの事おもひ出す桜かな

松尾芭蕉

季語　「桜」　春

チェック3　「けり」の使いかた

「けり」を使った例句です。切れ字留めで、終わりを表しています。

例句

殺生の目刺の藁を抜きにけり

川端茅舎

季語　「目刺」　春

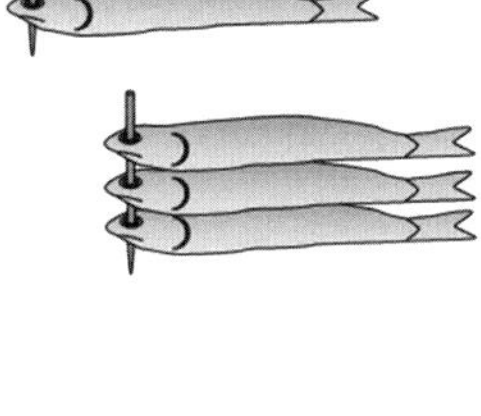

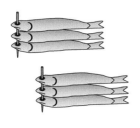

ポイント 12

俳句のルール

切れで俳句の中に区切りを作りましょう

例句

糸桜 こや帰るさの 足もつれ

松尾芭蕉

季語 「糸桜」 春

句の意味

糸桜（しだれ桜）の花見を楽しみ。さて帰ろうとするとよろけてしまった。これは糸桜の糸が足に絡まったのだろうか。松尾芭蕉が花見で飲んだお酒の酔いで足がもつれたことを、糸桜の糸と絡めたお茶目な句です。

俳句の特色の一つが「切れ」です。文章では句読点で区切りの付く部分が俳句の「切れ」にあたると考えるとわかりやすいでしょう。「切れ」によって五・七・五のリズムの中に、**より意味深い節目が生まれる効果が得られ、味わいが深くなります。**

チェック1　上五の名詞で切れている句

例句は、上五の名詞で切れています。そして、中七と下五が意味として繋がっています。ですから、この句は上五で切れていると言います。

糸桜
こや帰るさの
足もつれ

上五で切れている。

中七と下五の意味が繋がっている。

チェック2　切れ字の例

切れ字により上五で切れているのがわかりやすい句になっています。

例句

古池や
蛙飛びこむ
水の音

松尾芭蕉

季語「蛙」春

チェック3　句またがりにも「切れ」は効果的

俳句では、切れ字の有る無しに関わらず、一句がそこで区切れていることを「切れ」ていると言いますので、例句のように中七と下五が句またがりの句にも「除夜の鐘」に感嘆の意味合いを与えています。

例句

除夜の鐘
吾が身の奈落
より聞ゆ

山口誓子

季語「除夜の鐘」冬

ポイント 13

俳句のルール

一物仕立《いちもつじた》てでは季語を句材にしましょう

例句

微風が
少し騒がす
薄氷

季語

「薄氷」 春

句の意味

薄《うす》氷のはった水たまりに微風が吹いて、少し氷が解け始めたかなぁと言うような早春の胸のトキメキを詠んだ句です。

一物仕立てとは、一つの題材が十七文字十七音で俳句に詠まれていて、上五・中七で「切れ」や「切れ字」が入らないのが普通です。あまり使われませんが、俳句用語としては、一句一章とも言います。

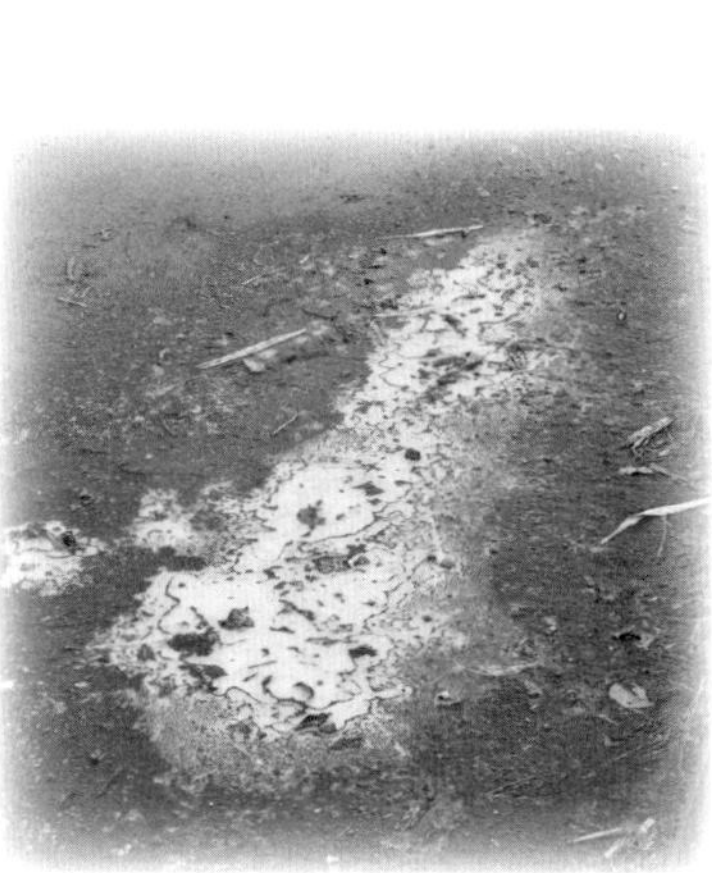

チェック1 「切れ」がない場合

取り合わせの句と違い、一句の中に「切れ」がなく、下五で句のリズムや意味が終わるように仕立ててある句を一物仕立てと言います。

取り扱った素材を説明しただけの句になりがちで、作るのが難しいと言われています。

例句

ぜんまいの
いまだほどけぬ
いとおしさ

季語「ぜんまい」春

チェック2 「切れ字」がない場合

句の内容が、一つの素材に集約されている場合に一物仕立てとなります。

素材を表現する言葉には、季語を選びましょう。

例句

大寒の
息を弾ませ
朝の鳥

季語「大寒」冬

チェック3 リズムが五・七・五の場合

一句が十七文字十七音であり、五・七・五に整っている場合にも、一つの題材について詠まれたものを一物仕立てと言います。

例句

雪の花
垣根に残る
朝の内

季語「雪の花」冬

ポイント 14

俳句のルール

取り合わせでは「つき過ぎ」と「離れ過ぎ」に注意しましょう

例句

荒海《あらうみ》や佐渡《さど》によこたふ天河《あまのがわ》

松尾芭蕉

季語 「天河」 初春

句の意味

秋の夜、日本海の暗く荒れた海を眺めると佐渡島があり、天の川が横たわっているのが見える。

流刑の島として知られる佐渡島が日本海の荒波の向こうに黒々と浮かぶ様子と、天空に淡く光る天の川との対比が、人の儚い一生を浮き彫りにさせています。

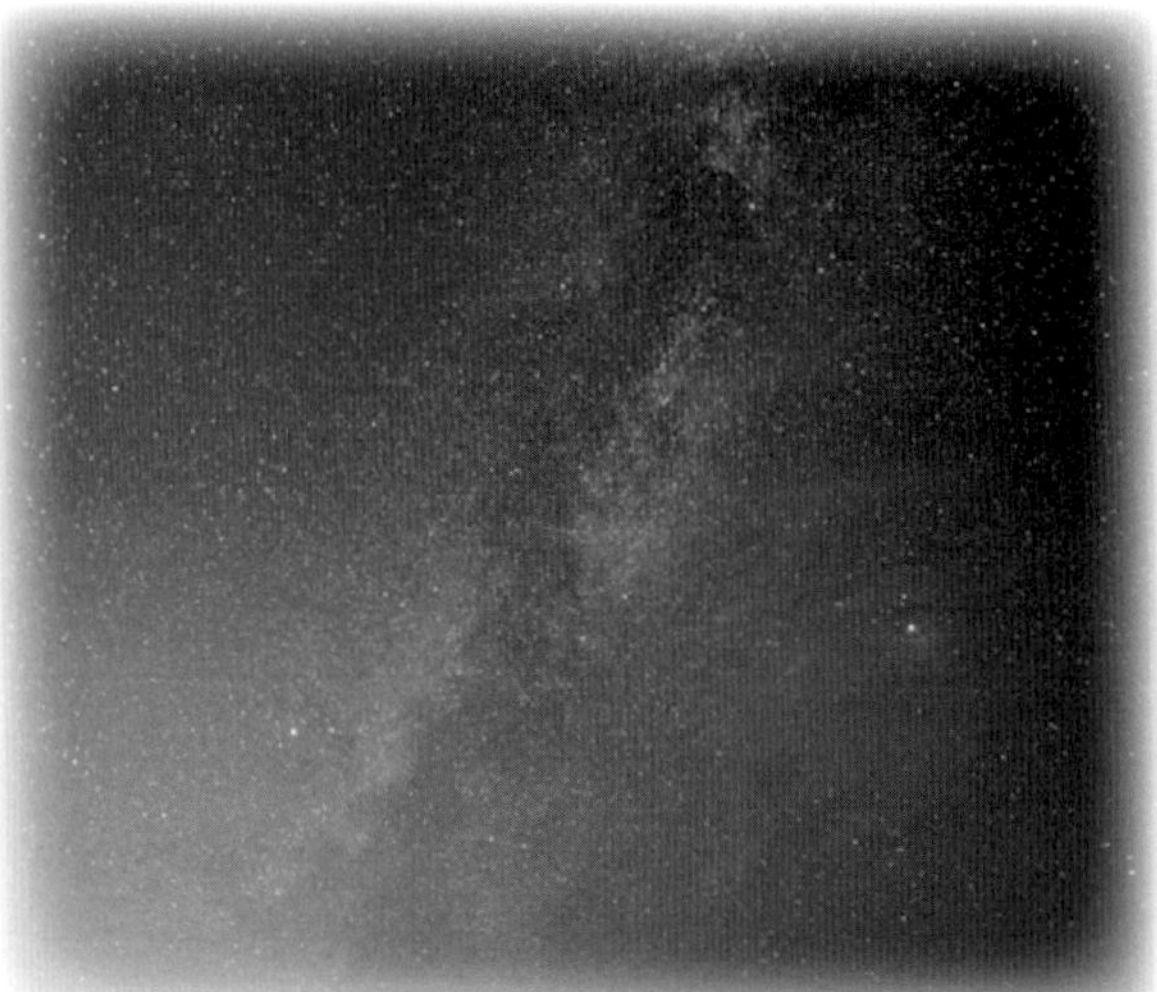

チェック1
切字で区切る取り合わせ

例句は切字「や」によって上五を意味として区切っています。ですから、天川の空と荒れた海の取り合わせになっています。

荒海や
佐渡によこたふ
天河

切字の「や」で上五を区切っている。「荒海」（荒れた海）と「天河」（天川）の取り合わせ。

チェック2
異なる意味を持つ句で組み合わせる

意味の違う言葉を組み合わせて効果的に句を構成させています。読者が興味を持ち、イメージが広がる組み合わせを考えましょう。

チェック3
「つき過ぎ」や「離れ過ぎ」に注意する

取り合わせには、「不《ふ》即《そく》不《ふ》離《り》」が大切です。「つき過ぎ」と「離れ過ぎ」に注意しましょう。

適度に意味の離れた二つの言葉を俳句の中に詠み込むことを「取り合わせ」と言います。

例句では、季語とそれ以外の部分で、明と暗、静と動、天と地といったイメージの違うものが組み合わされ、その光景を思い浮かべたときに効果的に響き合っているのがわかります。

取り合わせのある句を詠むときのポイントとして、「つき過ぎ」と「離れ過ぎ」に注意しましょう。意外性のない組み合わせを「つき過ぎ」、共感を生まないほどに突拍子のない組み合わせを「離れ過ぎ」と言います。

ポイント 15

俳句のルール

俳句独特の読みかたを覚えましょう

例句

沢山《あまた》の眼《め》 地より見つめる 犬ふぐり

季語

「犬ふぐり」 春

句の意味

あまたの目が、大地からこちらを見つけているような、そんな早春の広野一面に咲く犬ふぐりを詠んだ句です。可愛らしい子猫の青い目のようです。

俳句には、独特な読みかたの言葉があります。例えば、一覧にある用語などがその例です。頻繁に使われる用語はしっかりと覚えておきたいものです。また、こうした言葉を俳句の中で使う際は、読み手のためにルビを振ることをおすすめします。

チェック1

頻繁に使われる用語はしっかりと覚えておく

チェック2

読み手のためにルビを振る

チェック3

上手に使えば、定型を整える際に便利

独自の読みかたをする言葉

言葉	読みかた	言葉	読みかた
沢山	あまた	一日	ひとひ
現実	うつつ	終日	ひねもす
茄子	なすび	細	さざれ
水脈	みお	羅	うすもの
産土	うぶすな	四方	よも

その他の例句

桜散る
散るを現《うつつ》の
船出とし

季語　「桜」　春

句の意味

桜の花が今年もあっと言う間に咲いては散ってしまいました。まるで春の夢のようです。桜が散る頃には、今年も新しい現実の世界への旅が始まります。

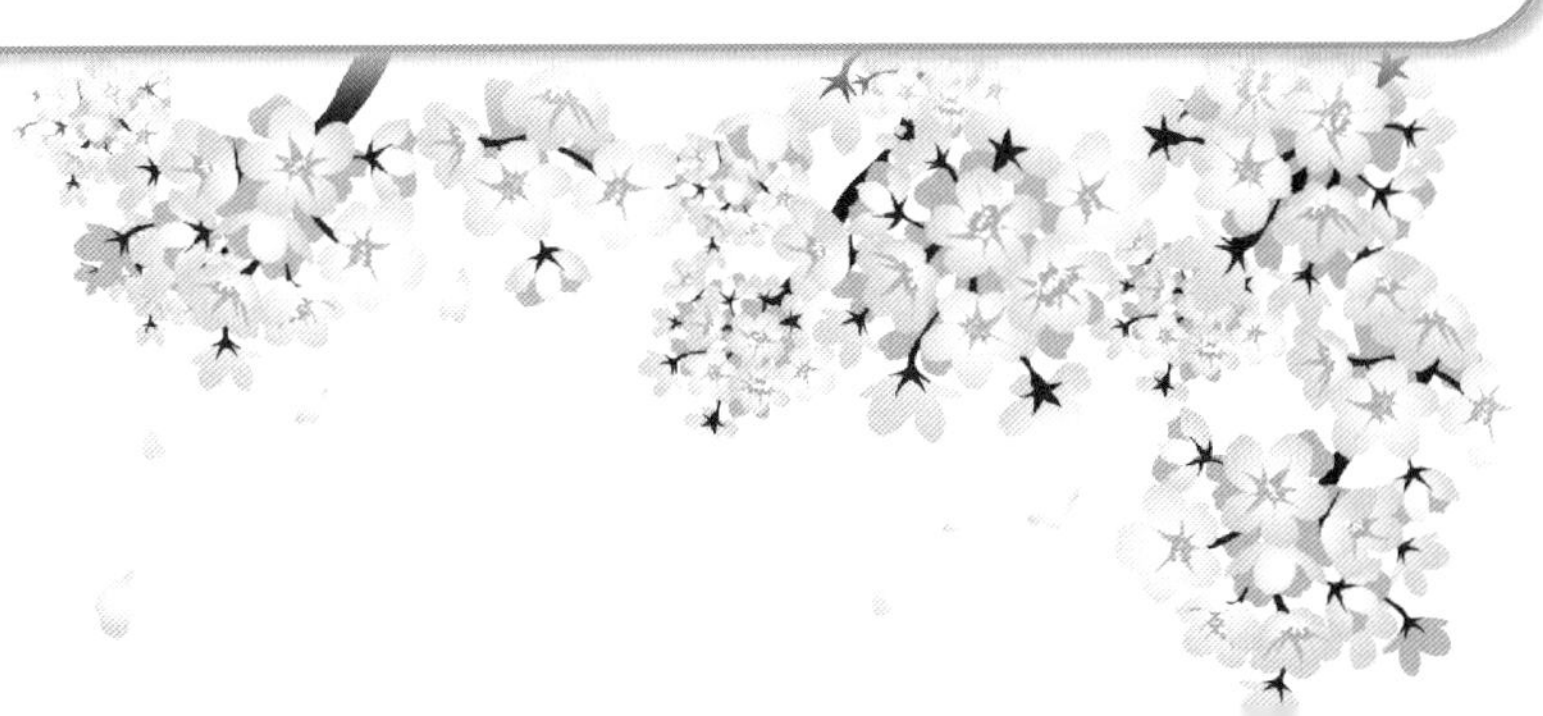

ポイント 16

俳句の表記

口語と文語を使い分けましょう

例句

三月の
甘納豆の
うふふふふ

坪内稔典

季語 「三月」 春

句の意味

桃の節句。ひなあられの中に入っている甘納豆が、少しうれしくて微笑んでしまう様子が詠まれた句です。

俳句には、歴史的仮名遣い（旧仮名遣い）で綴った句と現代仮名遣い（新仮名遣い）で綴った句があります。

現代仮名遣いとは、日常の自然な話し言葉をそのまま文章にして表現することを目指して決められたものです。

チェック1
口語で表現する

かなりシュールな例句ですが、下五の「うふふふ」から、話し言葉の口語であることがわかります。
「弥生」や「桃の節句」と言う表現を使わないで、「三月」と表記しているところも現代的ですね。

チェック2
切れ字は避ける

この句には切れ字がありません。「や」「かな」「けり」といった切れ字は歴史的仮名遣いですので、口語体の俳句に使用するのは避けましょう。

その他の作句例

こんな日が
別のあなたと
あったよな

季語　「無季」

句の意味

素敵なデートの日に、ふと離婚した前の夫といつかまだ仲の良かった頃に、こんなデートをしたような、そんな気持ちのときに詠んだ句です。再婚することが決まってからの句ですね。

歴史的仮名遣いで詠むか現代仮名遣いで詠むかは、口語の句にするか文語の句にするかが目安になります。ただ、**一つの句に歴史的仮名遣いと現代仮名遣いが混ざるのは間違いとされていますから気をつけましょう。**

豆知識

歴史的仮名遣いは平安時代にみられる仮名遣いを元にしたものです。第二次世界大戦直後まで正式な仮名遣いとされていて、学校教育や公式な書類等で使用されてきました。その後、当時の話し言葉と書き言葉を近づける目的で、昭和21年に「現代かなづかい」が公布され、昭和61年に「現代仮名遣い」として改定されました。

ポイント 17

俳句の表記

俳句に新しい表現を取り入れてみましょう

例句

一月の川一月の谷の中

飯田龍太

季語

「一月」冬

句の意味

一月を迎え、季節は春へと向かっている。この地に流れる小さな川も、雪解けで豊かな水が流れるだろう。句の舞台は、作者により山梨県にある自宅近くの狐川であるとされています。谷は「峡《かい》」で甲斐（山梨県）の暗喩と言われています。

俳句を詠む際に、歴史的仮名遣いにするか現代仮名遣いにするかを判断するには、文語体の句か口語体の句なのかで決めましょう。ここで言う口語体とは、現在わたしたちが使っている話し言葉を指します。また、言葉は外来語や流行の事物、流行の言い回しなどが、新たにどんどん増えています。口語体の俳句では、それらを取り入れやすく、表現を広げる楽しみがあるでしょう。ただし、「や・かな・けり」といった切れ字は文語体ですので、口語体の俳句では使わないよう注意しましょう。

チェック1

現代的な表現にする

この句は「句またがり」になっています。音の上では「いちがつの　かわいちがつの　たにのなか」となりますが、「一月の川」と「一月の谷の中」でわかれていて、上五が中七にまたがっていることがわかりますね。

チェック2

歴史的仮名遣いか現代仮名遣いか

歴史的仮名遣いは使われていません。切字はありませんが、「一月の川」のあとで切れます。

その他の作句例

横浜の
風が二人の
肩寄せる

季語　「無季」

句の意味

横浜の山下公園で、海沿いのベンチに座り恋人と語り合っていると、浜の風が思いのほかに強くなり、思わず二人で肩を寄せ合った。

コラム 2

俳句が俳句であるために

ルールとは、一般的に何かの決まりごとですが、このルールは、破るためにあるようなものです。そこが俳句でも面白いところです。大人の遊びでは決してありませんが、文学性や芸術性を高めるためにも、このルールを知り、そして、ルールを越えなければなりません。

例えばわかりやすく言うと、「句またがり」という俳句用語がありますが、これは、十七文字の中で五･七で区切るか、七･五で区切るかで五・七・五には整っていないというルール違反の用語です。それでも、この句またがりは効果的に良く使われます。

このルール違反は俳句としての枠にはまらないことがルールですね。これは、本当に何にでも言えることで、芭蕉の頃に形作られた俳句のルールは、今でも言い伝えられ、それでこそが俳句だとされています。もちろん、ここに挙げたように俳句にはさまざまなルールがあり守られていますが、そこにはルールを守るだけに留まらない、生きた俳句の姿があってこそ、いつまでも伝承され続けてゆくのだと思います。皆さんもルールを覚えて、ルールを越えて下さいね。

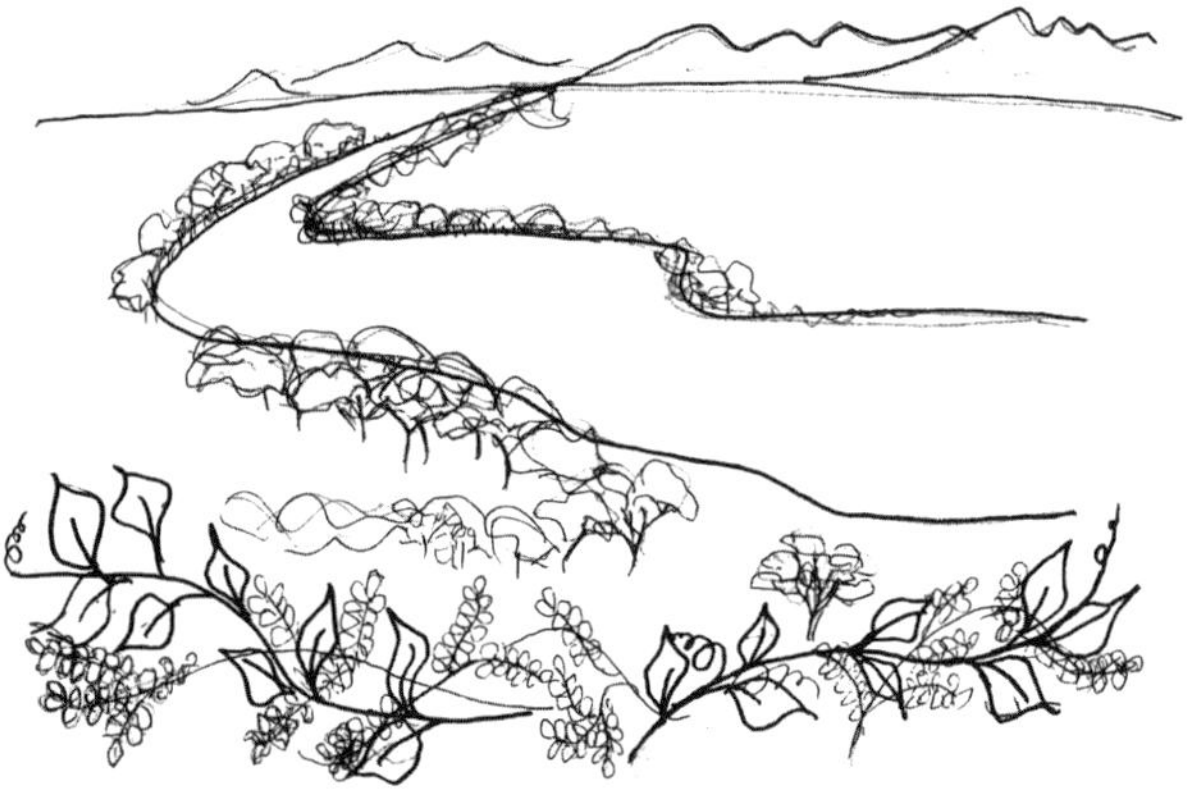

第三章　俳句を詠む

・俳句の作り手順
・ＴＰＯに合わせた作句のポイント

この章では、どのように俳句を組み立てれば良いかをわかりやすく解説し、また豊富な添削の具体例をあげて、ＴＰＯに合わせた作句のポイントを説明しています。

ポイント18

発想が広がり想像しやすい素材を選ぼう

俳句の作り手順

①素材集め

それでは、実際に俳句を詠んでみましょう。まずは、作りかたの手順をご紹介します。

いざ、俳句を詠もうとすると、なかなか素材が見つからないことがよくあります。それでは、どうしても俳句になりませんね。そこで、作句の手順として、素材集めから始めましょう。

例えば、梅の季節なので、近くの公園に梅を見に出かけました。そうした場合に、手帳にそのときの梅の様子をメモしておくと梅の句の素材となります。勿論、写真やスケッチでも良いでしょう。

この日は午後のとても良いお天気だったとします。すると、メモには、天気晴れ、雲一つなし。白梅が六分咲き。などと書き留めておきましょう。そして、家に帰り俳句にまとめると良いと思います。

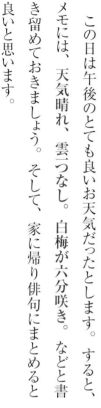

チェック1
素材選びの対象はさまざま

素材には、視覚的、聴覚的、触覚的、メンタル的などのさまざまな物があります。

チェック2
発想が広がりやすい素材を選ぶ

形のある物、無い物、あらゆる事物が素材となり得ます。そのときの発想の原点が広がり想像しやすい物が良いでしょう。

チェック3
素材の視点をまとめる

できるだけ一つの素材に視点を合わせてまとめることを心がけましょう。

ポイント 19

俳句の作り手順

素材に伝えたい想いをたくす

②伝えたいことは何かを考える

素材が決まると、次は、そのお気に入りの素材から、心を動かされたことや想像したことなどを形にします。普段の言葉で手帳やノートに書き出すと良いでしょう。そして、俳句のかたちにするために、何を伝えたいかが、素材を通して読者に伝わるように意識しましょう。

ここでは、メモに残した素材に何を想うかを書き出してみましょう。

例えば、ポイント18の例から、「白い梅は清らかな少女のようだ」とか、「卒業の季節の別れを思い出す」「ふっくらとした花弁が可愛らしく思う」など、素材に対する想いを膨らませてみると良いですね。

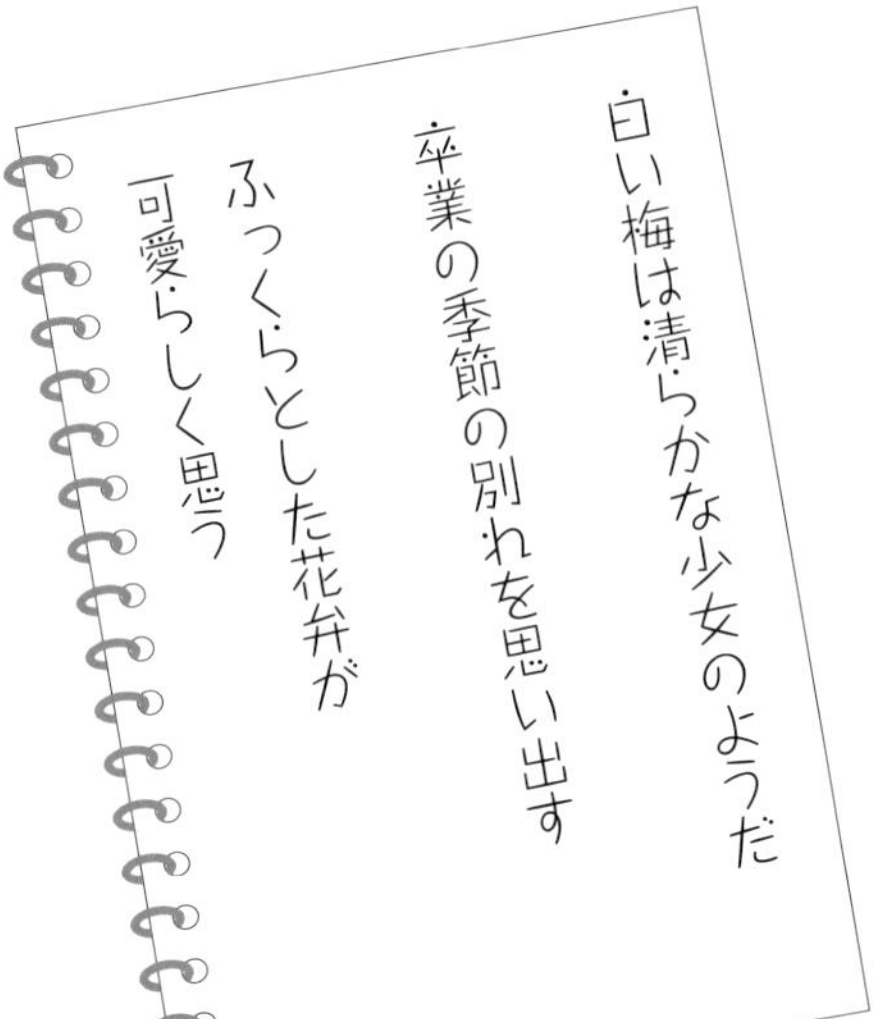
・白い梅は清らかな少女のようだ
卒業の季節の別れを思い出す
ふっくらとした花弁が
可愛らしく思う

チェック1
誰にでもわかる言葉を選ぶ

読んでわかる作品にまとめることです。そうすれば、おのずと何かが読者に伝わります。

チェック2
素材に想いをたくす

素材に、伝えたい想いをたくして詠み込みましょう。

十七文字十七音の中の素材に作者の言いたいことが凝縮されていると、作者の意図が伝わりやすいです。

素材そのものの意味がわかりづらい表現は避けましょう。せっかく想いを込めても、何を表現しているのか、つかみどころのない句になってしまいますね。

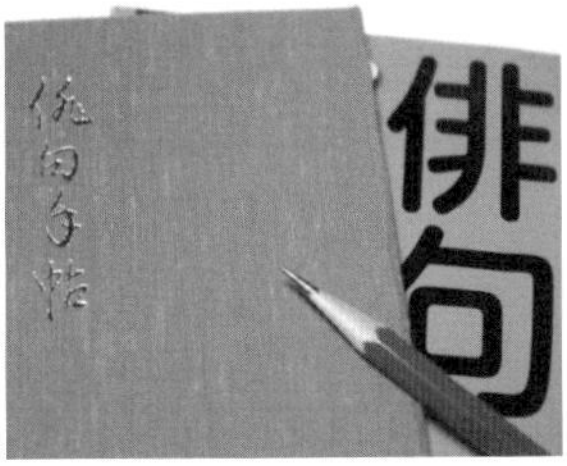

チェック3
素材の視点

その素材の説明だけにならないようにしましょう。

ここでは、メモに残した素材から言葉を膨らませて、伝えたいことを表現しやすい言葉を選ぶと良いですね。

できるだけ視点は一つに集約しましょう。例えば、梅の花を詠んでいる句に紫陽花も入っていては、視点が定まりませんね。

悪い例

冬に飲む　フランス産の　赤ワイン

真っ白な　生地にいちごが　載っている

ポイント 20

俳句の作り手順

③言葉選びをする

作者の想いが表現できる言葉を選ぶ

十七文字十七音という、世界一短い形式の詩で、作者の伝えたいことを、どのような言葉を選べば表現できるのか、一言ひとことを大切に組み立てましょう。

ここでは、素材をメモに書き留め、次にその素材から、何を想像して何を伝えたいのかを考えます。そして、どんな言葉を選んだら作者の想うような俳句が詠めるか、吟味しながら、言葉を選び出しましょう。ポイント18の例でいうと、白梅から、どんな言葉が生まれるかですね。

例えば、ちぎれ雲を想像したり、貝殻細工を思い出したりすることもあるでしょう。そんな、さまざまな言葉の中からどんな言葉を選び出すかです。

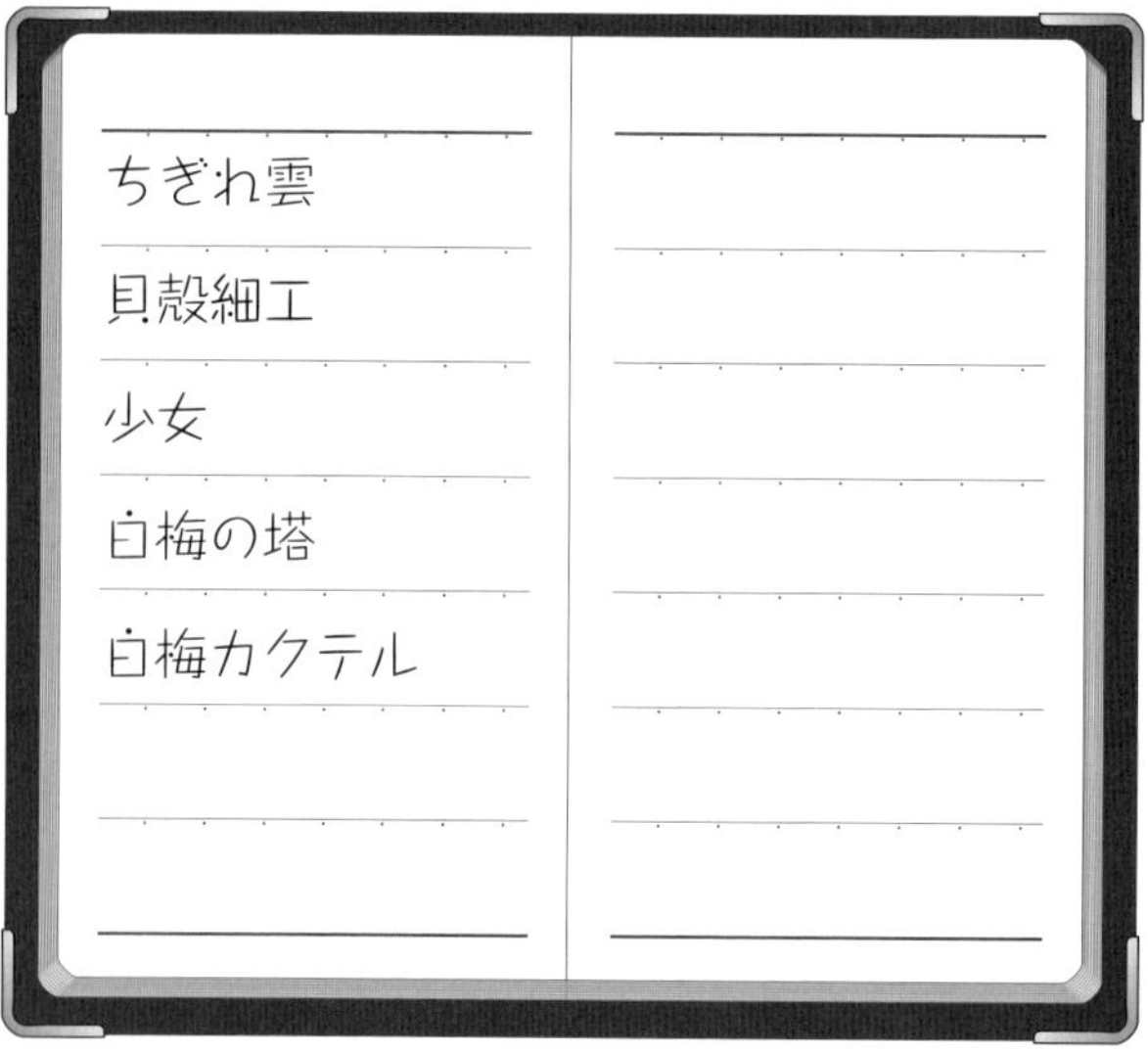

チェック1

季語は辞書や歳時記などで確認する

季語は旧暦の二十四節季に関するものや、現代の新しいものなどがあり、案外ややこしいので、辞書や歳時記などで確認しながら作句しましょう。

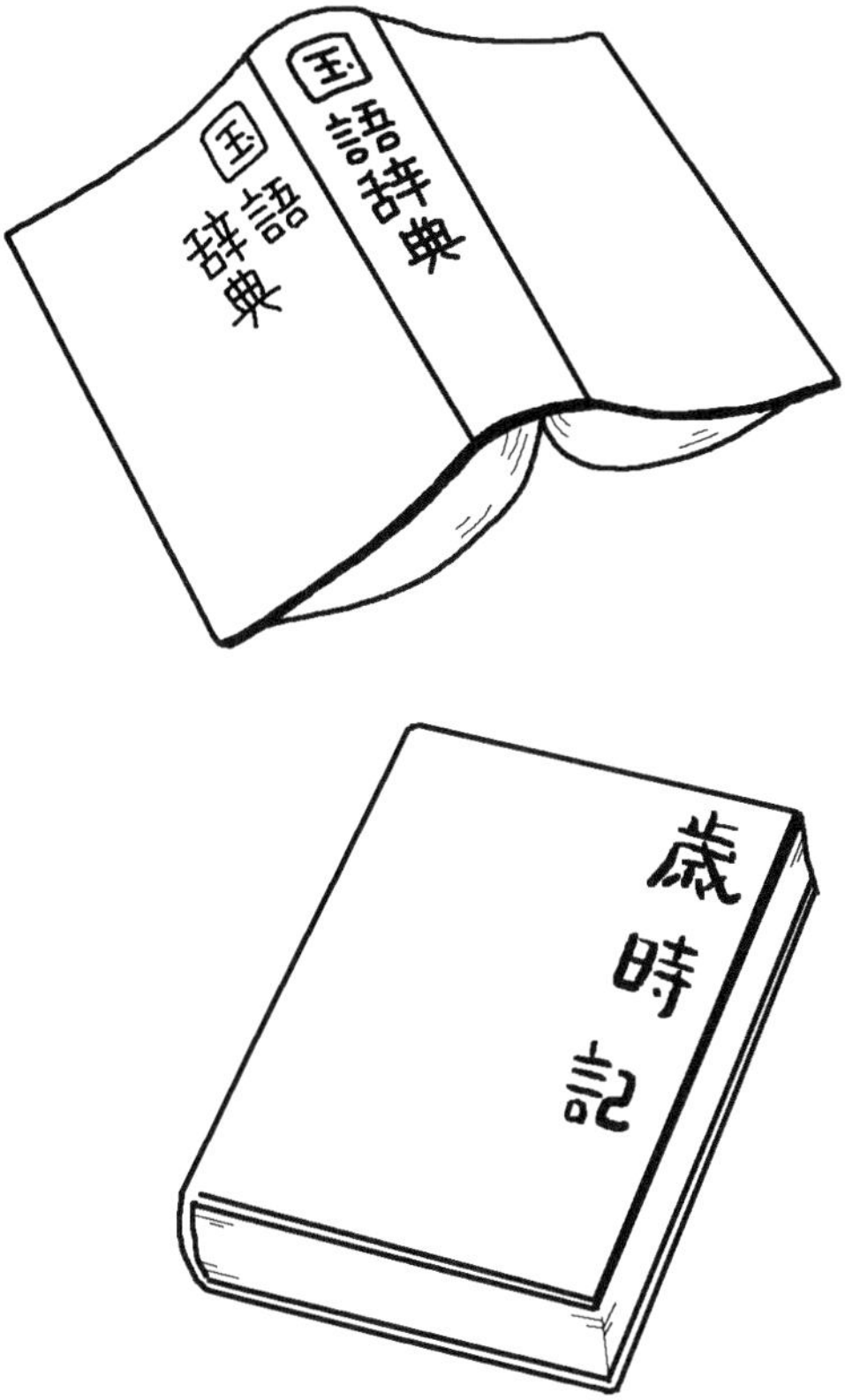

チェック2

感動を表現する

たくさんの感動を上手く表現できたら、読み手にもその想いが必ず伝わります。

ポイント 21

俳句の作り手順

④五・七・五のかたちに整える

言葉の調べの美しさや面白さを楽しみながらまとめる

素材を見つけ、言葉を想像し、選び出し、そして、最後に俳句の五・七・五の言葉の調べを十七文字十七音にうまくまとめなければなりません。ここでは、ひと文字ひと文字指折り平仮名で考えて、数えるとわかりやすいです。また、その定型が持つ調べの美しさや面白さを楽しみながらまとめると上手く整うでしょう。

チェック1　言葉自体を選べない場合があるので注意

言葉選びの過程で、定型に整えることを頭に入れて選びましょう。字余りや字足らずでは、その言葉自体を選べない場合もあります。

チェック2　指折り数える

わかりやすく簡単に、ひらがなにして十七文字十七音を指折り数えて五・七・五にまとめましょう。

みあげれば
しらうめくものごとく
はれたそらへ

字余り

みあげる
しらうめの
おおぞら

字足らず

修正後

みあげれば
しらうめのくも
おおぞらへ

完成

ポイント 22

TPOに合わせた作句のポイント

花を詠む場合は季語を正しく使いましょう

自然を素材に詠む ①花

花は、たくさんの種類がありますが、四季折々を代表する美しい花の他にも、日本に昔からある品種の花や、野山に自生している花まで、咲いている姿を詠むことを、花を句材にするときにはおすすめします。

その花の咲く季節がいつ頃かを調べて季語となっている場合はそれを正しく使いましょう。

例句

そよ風が
立ち話する
花すみれ

季語

「すみれ」 春

句の意味

心地良いそよ風が吹く、優しい春のうららかな日には、すみれの花とそよ風とが、さわさわとささやき合いお話しているようですね。都会の町角から三色の花達との会話が聞こえてくるような気がします。

チェック1　季節を特定する

咲いている状態以外を詠む場合は、花の咲く季節を考えて、わかりやすくまとめましょう。

主な花の季節

季節	花の名前
春	さくら
夏	菖蒲《しょうぶ》・紫陽花《あじさい》
秋	朝顔
冬	山茶花《さざんか》

チェック2　注釈や前書きを付ける

花には逸話や伝説、花言葉や神話などが多いので、何かを参考に含んで詠む場合に難解にならないように注釈や前書きを付けましょう。

注釈：俳句や俳句中の語句の意味をわかりやすく解説すること。
前書き：俳句の前に付して、その俳句に付け加えることば。俳句の作られた場所や月日を記す場合が多い。

注釈例

咲くまでを一年として早桜

季語「早桜」春

句の意味

花は毎年おなじようで決して同じではない儚いものですね。今年もまたこの頃になると桜が咲きます。この桜は他よりも早く春を知らせてくれる美しい大自然からの贈り物です。

◆注釈
早桜は品種としては主に河津桜を言います。春になるとすぐに咲き始めます。

前書例

いつしかに幾年を背に梅香る

季語「梅」春

句の意味

いつの間にか月日は過ぎてゆきますが、毎年咲く梅の花が、今年も良い香りで咲いています。この梅は、いったいどのくらいの年月ここでこうして咲いているのでしょうか。この美しい梅は、これまでどんな背景を見てきたのでしょう。

◆前書き
世田谷梅が丘公園にて

ポイント 23

添削事例

「花」に意味を込めて詠むときはわかりやすい表現を心がけましょう

自然を素材に詠む ①花

原句

水仙の
香りを覗く
ナルシスト

季語

「水仙」

冬

作者が言いたいこと

ナルシスは水に映る自分に恋をして水に落ちて死んでしまった。池の中でひっそりと控えめに咲く水仙の花は、そんなナルシスの化身だと伝説は言う。

チェック1

季語が詠み込まれているかどうかを確認する

この句では「水仙」が冬の季語です。

チェック2

句の意味が読者に伝わるかを確認する

ナルシストという神話からの下五が、少しわかりづらいかもしれませんね。こんな場合は、もう少しナルシストに視点を絞ってみましょう。そうしますと、下五を修飾している中七の言葉を替える必要があるかもしれません。

添削

水仙の
香りを覗く
ナルシスト

季語
「水仙」
冬

より意味をわかりやすくするために、語句を変更する

添削後

水仙の
香る姿の
ナルシスト

季語
「水仙」
冬

コメント

「水仙の香りを覗く」という表現では、水仙の花＝ナルシスの化身ということが伝わりません。ここを「水仙の香る姿」とすることで水仙の花＝ナルシスの化身という意味がわかりやすくなりました。

豆知識

水仙は、ギリシャ神話のナルシスの伝説で有名です。水に映る我姿に恋をして水に落ちて死んでしまったナルシスは、その後、水仙の花に化したという「ナルシスト」という言葉の語源とも言われている花です。この句はそんな伝説を詠んでいます。

ポイント24

TPOに合わせた作句のポイント

鳥を詠むときは季語に含まれているかを確認しましょう

自然を素材に詠む ②鳥

例句

鶺鴒《せきれい》の 小波さざ波 雲の波

季語

「鶺鴒」秋

句の意味

鶺鴒が水辺で尾を振って水面に波がおきています。水面に写る空の青さと雲の波が美しい様子を詠んでいます。

鳥は風景と違い動物ですが、その行動が季語となっている場合が多くありますので、気を付けましょう。

例えば、渡り鳥などは、秋に渡来するものや帰るもの、また春に渡来するものや帰るものがいますので、きちんと季語を調べて間違えないようにしましょう。

チェック1　季節によって種類が分かれるため読み込みに注意

鳥は季節によって種類が分けられるので、固有名詞以外を詠み込むときには注意しましょう。例えば「春の鳥」と詠んで、そこに冬鳥の「白鳥」のことを詠み込んでは良くないですね。

鳥の季語の例

春	夏	秋	冬
山鳥《やまどり》・雉子《きじ》・鶯《うぐいす》・雲雀《ひばり》・鷽《うそ》	鵜《う》・呼子鳥《かっこう》・水鶏《くいな》・鷺《さぎ》・時鳥《ほととぎす》	鶉《うずら》・鵲《かささぎ》・鵙《もず》・雁《かり》・鴫《しぎ》	鶴《つる》・鴛鴦《おしどり》・鴨《かも》・鳰《かいつぶり》・千鳥《ちどり》

チェック2　上手に鳥を詠むには

鳥は俳句の素材によく詠まれます。視覚、聴覚、触覚を上手く表現して詠むと良いでしょう。

その他の作句例

寒雀
高らかに鳴く
昼ひなか

季語　「寒雀」　冬

句の意味

寒い寒中に鳴いている雀の声は、冴えわたるように、昼のほのぼのとした空に響いています。

チェック3　上手に鳥を詠むには

鳥は動物ですから、動きがあることを上手く俳句に詠むと、句にも動きが出ますから、生き生きとして良いと思います。

その他の作句例

まろび鳴く
小雀山雀
四十雀

季語　「四十雀」　夏

句の意味

鳥の声がころころと転がるように軽やかに鳴いています。あれは、小さな雀か、山からきた雀か、それとも四十雀であろうかと美しい声に聞き入っている句です。

ポイント 25

TPOに合わせた作句のポイント

自然を素材に詠む ②鳥

添削事例 鳥の様子に作者の想いを込めましょう

原句

小鳥来て
午後のひだまり
餌さがす

季語 「小鳥来て」 秋

作者が言いたいこと

秋の日の午後、急に小鳥のさえずりで賑やかになったので、驚かさないように様子を伺うと、ひだまりで餌を探している様子が見えた。

チェック1 定型にまとまっているかを確認する

ことりきて　ごごのひだまり　えささがす

十七文字十七音ですから定型になっています。

チェック2 季語が詠み込まれているかを確認する

この句では「小鳥来て」が秋の季語です。

チェック3 句の意味が読者に伝わるかを確認する

「小鳥が来て午後のひだまりで餌を探している」と事実を説明しているような句になっていて、作者がどのように感じたかが伝わりません。

添削

小鳥来て
午後のひだまり
餌さがす

季語
「小鳥来て」
秋

より意味をわかりやすくするために、語句を変更する

添削後

小鳥来て
午後のひだまり
賑やかに

季語
「小鳥来て」
秋

コメント

下五の「餌さがす」が小鳥の様子を説明しているようであまり良くありません。ここを「賑やかに」とすることで、作者が小鳥たちの様子に何を感じたかが伝わるようになりました。餌を探す姿が賑やかで、楽しそうに感じられますね。

ポイント 26

TPOに合わせた作句のポイント

さまざまな風の呼び名を使い分けましょう

自然を素材に詠む ③風

例句

秋の風
古木にわかに
色を着る

季語
「秋の風」 秋

句の意味
あっと言う間に秋風に誘われて古い大木が色づいてゆく季節の移り変わりを、木々が錦の衣を着ているようだと詠んでいます。

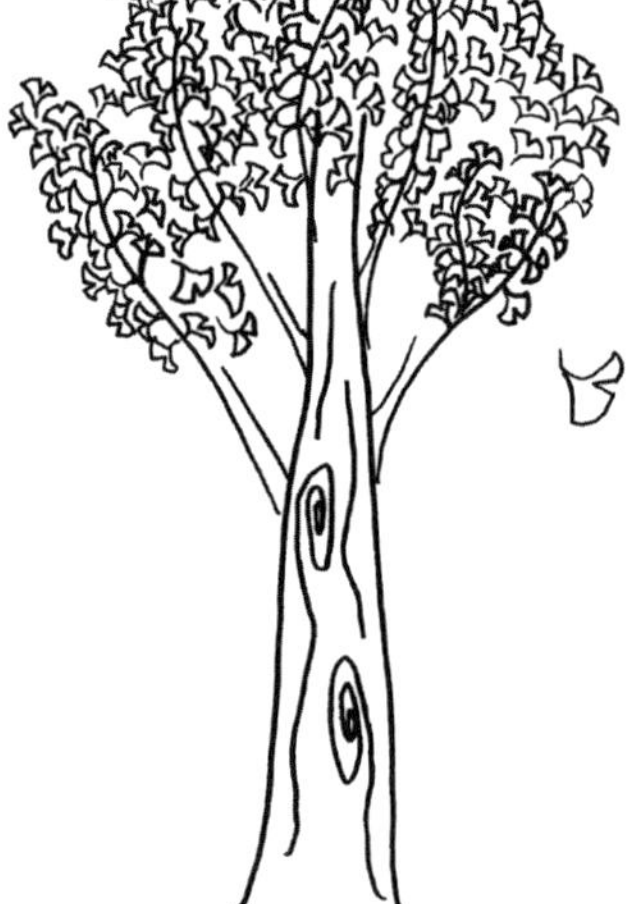

風には、さまざまな呼び名があります。またその呼び名で季語となっている場合が多いことを覚えておくと良いでしょう。

チェック1 風を詠むときは触覚で表現すると良い

風を詠むには、視覚では言い表せないので触覚を使い、寒い風とか涼しい風などと言うとわかりやすいです。

チェック2 季重なりに注意

風がもたらす現象を詠むことができます。木枯らしや台風などですね。この場合は季語になっている言葉が多いので季重なりにならないよう注意しましょう。

風の季語の例

春	春風・朝東風・夕東風・梅東風・櫻東風
夏	南風・南吹く・海南風・青嵐・風青し・夏嵐
秋	秋風・金風・爽籟《さうらい》・初嵐・秋の初風
冬	北風・朔風・寒風・空風・隙間風

チェック3 風にたとえた言葉も面白い

風そのものを表している言葉以外にも風を使う言葉はたくさんあります。新しい風とか不景気風とか、世相に当たるものも多いですね。

その他の作句例

東風強く　引き裂く宙の　北斗星

季語「東風」春

句の意味

東風は東から吹く春風ですが、まだ春先に冷たく強く吹く頃は、まるで星空を引き裂くように吹き荒れる様子を詠んでいます。

風はしり　一途の雲の　秋桜

季語「秋桜」秋

句の意味

風が、コスモスを揺らし一片まるで雲のように舞い飛んでいます。この一片の花びらはどこまで飛んでゆくのでしょうか。まるで、ちぎれ雲のようです。

ポイント 27

TPOに合わせた作句のポイント

添削事例

季語にすることで情景が読者に伝わる

自然を素材に詠む　③風

原句

風の朝
どこかに子猫が
迷いこむ

季語

「無季」

作者が言いたいこと

春の強い風に可愛い猫までもが、どこかで泣いている。こんなに風が強くては猫も恋人探しどころではありませんね。

チェック1

定型にまとまっているかを確認する

かぜのあさ
どこかにこねこが　まよいこむ

中七が字余りですね。

チェック2

季語が詠み込まれているかを確認する

この句では、季語が見当たりませんね。

チェック3

句の意味が読者に伝わるかを確認する

わかりますが、迷子の子猫なのか少しわかりづらいです。

添削

風の朝
どこかに子猫が
迷いこむ

季語に変更する

より意味をわかりやすくするために、語句を変更する

季語
「無季」

添削後

春疾風《はるはやて》
どこかで猫が
泣いている

季語
「春疾風」
春

コメント

春の季語「春疾風（はるはやて）」とは、春に激しく吹き起こる風のことです。また、「子猫」を「猫」にすることで五・七・五に整いますし、風に追い立てられて迷っていることがわかりますね。

ポイント 28

TPOに合わせた作句のポイント

自然を素材に詠む ④月

どの季節の月かわかる句にしましょう

例句

我家の灯消して我家の月の客

季語 「月」 秋

句の意味

月を愛でるために部屋の明かりを消して、そこに月を迎え入れるという古風な発想で、お月様を御客様として楽しもうというお月見の句です。

月は秋の代表的な季語です。一年間を通して最も月が美しく輝く季節が秋ということですが、他にも、月にまつわる季語はたくさんあります。月は一年中夜空に輝いていますが、いつの季節の言葉なのか気を付けましょう。

チェック1 月といえば秋の季語

まずは、月が詠まれていれば、秋と考えることが第一です。次に作句にあたり注意することは秋以外の月を詠む場合に、「夏の月」とか「春の月」などわかりやすく言葉を選んで俳句に使うことをおすすめします。

チェック2 季節ごとの月の季語

月は一年中夜空にありますので、季重なりにならないように注意しましょう。

月の季語の例

春	春の月・春月・春月夜・春満月
夏	夏の月・月涼し・梅雨の月
秋	月・弦月（げんげつ）・月夜・月影・月明り・盆の月
冬	冬の月・寒月・冬三日月・月冴ゆ・月氷る

チェック3 月に含まれる別の意味にも注意

月には、たくさんの伝説や諺などがあります。なにかの意味を含んだ表現なのかどうか、少し考えて別の意味がありそうなときには辞書で調べながら作句をしたり鑑賞したりすると良いでしょう。

その他の作句例

月を待つ
町屑々《せつせつ》と
草の雨

季語「月」秋

句の意味

もうすぐ十五夜様がくる頃になると、野の草も美しく雨がまるで玉のように輝き雨の花のようです。夕暮れてゆく町の片隅で、いかにも月を待っているかのようです。

十三夜
うさぎは跳んで
雲隠れ

季語「十三夜」秋

句の意味

今夜の月は、雲に隠れて見えないようです。月に住むと言われる兎もどこかに跳んで雲隠れしてしまいましたね。そんな後の月を詠んだ句です。

ポイント 29

TPOに合わせた作句のポイント

添削事例

月を詠むときは、ほかの季語が入って季重なりにならないよう注意しましょう

自然を素材に詠む ④月

原句

お団子を
供えて十五夜
お月様

季語 「十五夜・お月様」 秋

作者が言いたいこと

十五夜の日には、お月様にお供物をします。欠かさずに、必ず供えるのはお団子ですね。この丸いお団子がいかにも満月のようだというところから、お団子も月のようにまん丸い十五夜様のようだと詠んだ句です。

チェック1 定型にまとまっているかを確認する

おだんごを
そなえてじゅうごや　おつきさま

中七が字余りです。

チェック2 季語が詠み込まれているかを確認する

「十五夜」と「お月様」のどちらも秋の季語ですから、この句は季重なりです。

チェック3 句の意味が読者に伝わるかを確認する

十五夜様を詠んでいることはわかると思いますが、一句に整えるには季語が重複してしつこいですね。

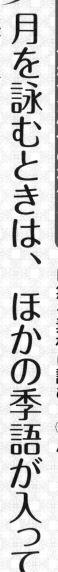

添削

お団子を
供えて十五夜
お月様

季語「十五夜・お月様」秋

季重なりの語句をなくし、調べを整える

添削後

お供えの
お団子様と
お月様

季語「お月様」秋

コメント

季重なりとなっている「十五夜」と「お月様」のどちらかを無くします。「月」が秋の季語ですし、「お団子」も登場しているので、「十五夜」ではくどいですね。また「お団子」を「お団子様」としたことで、丸いお団子と十五夜の月をともに愛でている様子がわかります。

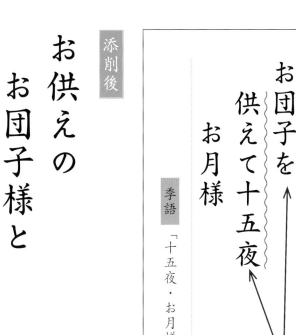

ポイント 30

TPOに合わせた作句のポイント

季語になっている天候か調べて使いましょう

自然を素材に詠む ⑤天候

ある地域の数日間の天気の状態を天候と言いますので、単純に今日のお天気が晴れているのか曇っているのか、そんなお天気模様だけではない広い意味が含まれることに注意しましょう。

例句

春雷に騙されたくて一人きり

季語 「春雷」 春

句の意味

春先の雷は、どこか不気味で恐ろしいですね。一人でいるとびくびくして心細くなり、嘘でも逃げ出したいくらいに恐いものです。

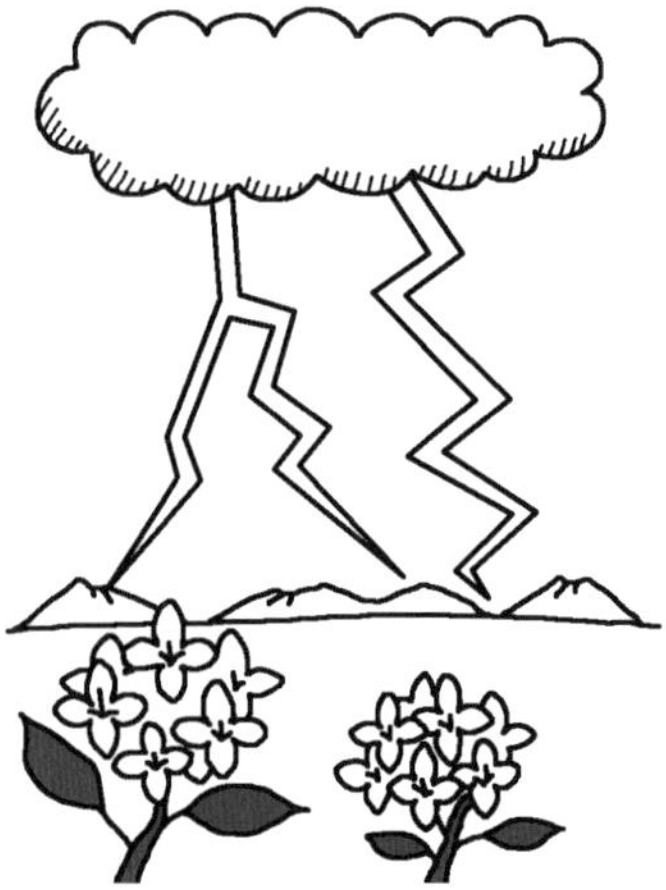

チェック1

天候のいろいろ

春夏秋冬も俳句では天候のうちです。例えば「春」「小春日和」「菜種梅雨」「十五夜」などが、天候に関する季語です。かなり広範囲な意味を表す言葉ですね。

チェック2

体験した天候を詠んでみる

「花の雨」「秋晴れ」「天高し」「夕月夜」などは、かなり焦点の絞られた天候に関する季語です。作者が実際に体験して詠む場合は、このような具体的な季語が効果的でしょう。

チェック3

歳時記で調べてみる

その他に、「春光」「朧月」「東風（こち）」「蜃気楼」などのような気候に関する自然現象なども多く季語になっています。捉えどころのない言葉が多いので、季語として成り立つかどうか歳時記などで調べてから詠み込むことをおすすめします。

その他の作句例

風光る　小川へ少し　波を寄せ

季語「風光る」　春

句の意味

春の小川は水が澄んでいて、さざ波が静かに水際に寄せては返すようです。水面には春陽がキラキラと光り輝いていますね。

化粧水　小瓶に残る　春はじめ

季語「春はじめ」　春

句の意味

化粧水の香りは、香水にも似て女性らしい印象です。季節の変わり目には、そんな化粧水が瓶の底に少しだけ残っていて、まだ捨てがたい思いがうかがえますね。

ポイント 31

TPOに合わせた作句のポイント

天候そのものを詠むのか、天候による景色や場面を詠むのかを明確にしましょう

自然を素材に詠む ⑤天候

添削事例

原句

五月雨を
傘の花咲く
広小路

季語 「五月雨」 夏

作者が言いたいこと

五月の雨は長雨と言われますが、そんな、傘の花が町の路地にも咲いている情緒を明るく詠んだ句です。

チェック1 定型にまとまっているかを確認する

さみだれを
かさのはなさく　ひろこうじ

定型にまとまっています。

チェック2 季語が詠み込まれているかを確認する

「五月雨」が夏の季語でわかりやすいのですが、視点が傘の花と分散してしまいます。

チェック3 句の意味が読者に伝わるかを確認する

五月雨の降る町に、傘の花が咲いていることを詠んでいますね。難しくはないのですが、五月雨を詠みたいのか、傘の花を詠みたいのかが、明確なほうが良いですね。

添削

五月雨を
傘の花咲く
広小路

季語「五月雨」夏

季語を「さつき雨」とやわらかく変更し、下五に持ってくる

「広小路」を「路地に満開」とし中七に持ってくる

添削後

傘の花
路地に満開
さつき雨

季語「さつき雨」夏

コメント

「傘の花」を上五に持ってくることで、イメージが明確になりました。また、「五月雨」を「さみだれ」から「さつきあめ」に変えることでやわらかな音になり、この句のかわいらしさと釣り合いますね。

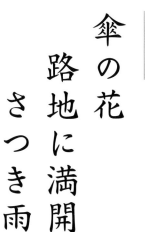

ポイント 32

TPOに合わせた作句のポイント

山を詠むときは山の変化に着目しましょう

自然を素材に詠む ⑥山

例句

しののめの
朝陽に染まり
山眠る

季語 「山眠る」 冬

句の意味

東の空が夜明けの陽に輝きはじめる頃、眠るようにどかんとした冬の山の姿は貫禄があって雄大ですね。

山は、一年を通していつでもそこにあります。ですから、春夏秋冬の移ろいを詠んだり、山の形や土地柄を詠んだりしますが、山だけでは季節感のある句材とはなりません。

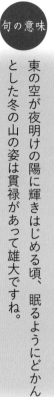

チェック1 **四季折々の顔に注目**

山は春には「山笑ふ」、夏は「山滴《したた》る」、秋は「山装ふ」、冬は「山眠る」と、季語にもあるように四季折々の顔を持ちます。

チェック2 **動かない山の変化を詠む**

山は動かないものだからこそ、その変化が面白いのです。

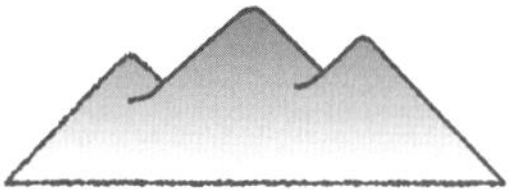

チェック3 **山の比喩表現に注意しましょう**

よく物事のたとえに使われますので、その意味に注意しましょう。例えば、宝の山とか落葉の山などがそうですね。

その他の作句例

山荘の
屋根は三角
星月夜

季語　「星月夜」　秋

句の意味

高原の山荘は雪のためか三角に尖った屋根が多いですね。そんな、高原の夜空は、空気が澄んでまさに星があふれんばかりです。

山陰を
うつし一面
花芒《はなすすき》

季語　「花芒」　秋

句の意味

芒が美しい山の麓の句です。一面の銀に輝く世界に落ちる山の影は、地形が生み出す絶妙な光景ですね。切なさと儚さを感じます。

ポイント 33

TPOに合わせた作句のポイント

添削事例

山を詠む場合はまわりの風景に着目し素材に適した言葉を選びましょう

自然を素材に詠む ⑥山

原句

山の歌
雲の流れを
音符とし

季語

「無季」

作者が言いたいこと

春がやって来ました。麗《うら》らかな晴れた日には山からの歌が風や雲に乗って聞こえて来るようです。そんな春の喜びをリズミカルに詠んだ句です。

チェック1

定型にまとまっているかを確認する

やまのうた
くものながれを　おんぷとし

十七文字十七音で定型になっています。

チェック2

季語が詠み込まれているかを確認する

この句には季語がありませんね。

チェック3

句の意味が読者に伝わるかを確認する

作者が伝えたい意味はわかりますが、素材の捉えかたがあいまいです。

添削

山の歌
雲の流れを
音符とし

季語
「無季」

下五に季語を加える

雲の流れを音符にみたてているところを中七にまとめる

添削後

山の歌
雲の音符に
風うらら

季語
「うらら」
春

コメント

雲の流れを音符に見立てる表現を中七に集約しました。季語は「うらら」で春です。リズミカルでわかりやすい句となりますね。

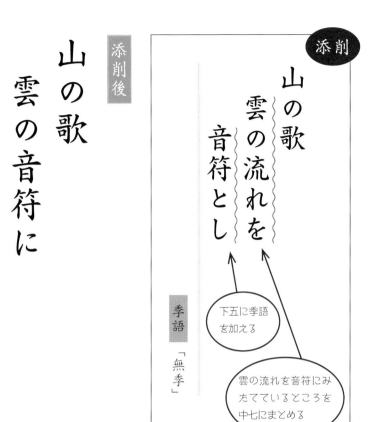

ポイント 34

TPOに合わせた作句のポイント

海の移ろいに注目して詠んでみましょう

自然を素材に詠む ⑦海

例句

大海原へ清明の雲の波

季語 「清明」 春

句の意味

一面に雲がさざ波のように白く広がる4月の空は、水平線を挟んで春の大海へと鏡のように写している。

「海」といって思い浮かべる季節は夏でしょうか。人によっては冬かもしれません。春の海、夏の海、秋も冬も、海はさまざまな顔を見せてくれます。海もやはり、山のように移ろいを詠むと良いでしょう。そのほかにも、海の幸や船の旅など、海から広がる素材は実に豊富です。

チェック1 季節ごとに海があります

「夏の海」「卯波」「秋の海」などと、海は浜の景色や潮の満ち引きなどに季節を感じますね。

チェック2 その土地土地の海があります

海と言えば夏を思い浮かべますが、海は一年間いつでもある自然のものですから、九十九里海岸とか、日本海、瀬戸内海などと、その土地の句として詠まれることが多いようですね。

チェック3 海の恵みに注目しましょう

海の恵みは、やはり魚でしょうか。海辺の風景にこそ、さまざまな句材が見つかると思います。松原や砂浜に咲く「昼顔」「浜茄子」「ハイビスカス」などがそうですね。

その他の作句例

新緑の　迫る海原　九十九里

季語「新緑」夏

句の意味

九十九里浜はどこまでも続く長い砂浜で有名です。その広く続く砂浜までも新緑が迫ってくるかのようにみどりがもえ立って夏らしい光景を詠んだ句。

海までの　道を青田の　波そよぐ

季語「青田」夏

句の意味

海へと続く長い道の両脇に、田園風景が広がっています。夏を知らせるように青々と茂りそよいでいる。

ポイント 35

TPOに合わせた作句のポイント

添削事例

海と一緒に詠み込む素材に注意し読者に伝えたい焦点を明確にしましょう

自然を素材に詠む ⑦海

原句

春の海
貝の欠片の
波の音

季語

「春の海」 春

作者が言いたいこと

貝殻は、波の模様が刻み込まれているようでとても美しいですね。そんなさくら貝に代表される春の砂浜に落ちている貝殻を詠んだ句です。

チェック1

定型にまとまっているかを確認する

はるのうみ　かいのかけらの　なみのおと

ちょうど五・七・五にまとまっています。

チェック2

季語が詠み込まれているかを確認する

「春の海」が春の季語ですね。

チェック3

句の意味が読者に伝わるかを確認する

「春の海」と「波の音」に分散してしまいわかりづらいですね。

添削

春の海
貝の欠片の
波の音

季語
「春の海」
春

情景が思い浮かぶように語句を変更する

添削後

貝殻に
波の寄せくる
春の海

季語
「春の海」
春

コメント

読者に伝えたい焦点が「春の海」なのか「波の音」なのかがはっきりしませんでした。

「貝殻に波の寄せくる」とすることで、動きのあるイメージが伝わりやすくなりましたね。貝殻から春の海を想って詠んだ句なのか、浜辺を歩いて詠んだ句なのかが明確になり、春の海の情景がよく伝わりますね。

ポイント 36

TPOに合わせた作句のポイント

台所にある旬の句材を活用しましょう

場所を素材に詠む　①台所

女性には、大変日常的で詠みやすい場所ですね。

例句

たかんなの
皮巻き落ちる
夕厨《ゆうくりや》

季語

「たかんな」

夏

句の意味

たかんな（竹の子）の皮は、何重にも重なり合っています。初夏になり、そんな竹の子の皮を剥くと、くるくると巻き癖が付いているので、剥いた後の皮が台所の隅に沢山かさばっていたりしますね。そんな夕暮れの句です。

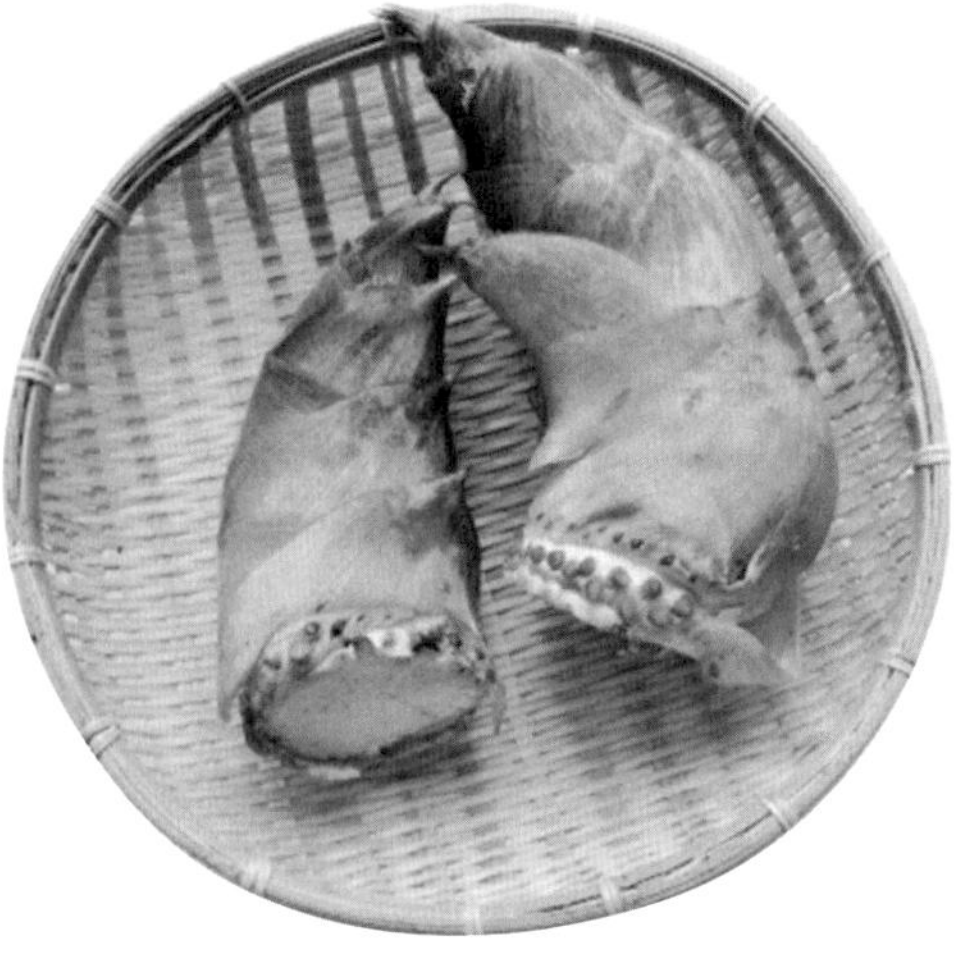

チェック1
呼び名を工夫する

少し呼び名を変えてみるとイメージが変わります。例えば「キッチン」「厨《くりや》」など俳句ではよく使います。

［台所の別称例］調理場、厨房、厨、お勝手、キッチン

チェック2
時間帯を詠みこむ

一日の中でいつの句かわかると、句意がわかりやすくなります。朝厨とか、午後のキッチンとか、その時間帯のその場所のイメージが重なり、句がまとまりやすいですね。

チェック3
その他の素材で台所を表現する

細かいお料理を詠んだ俳句などにもその句の場所としては当てはまりますが、ただ、食材やでき上がった料理を詠む場合は、必ずしも台所とは限りませんので注意しましょう。

その他の作句例

パンケーキ
焼けるキッチン　浅き春

季語「浅き春」春

句の意味

キッチンにいい匂いのパンケーキが焼き上がる様子を詠んでいます。ほのぼのとして暖かくなりかけて来た春の朝です。

俎板の
音に鼻歌　春の歌

季語「春の歌」春

句の意味

俎板の上で春の野菜を刻んだりする音が、小気味よく響き、ついその音につられて鼻歌が出てしまいます。こんなときの春の歌は、やはり童謡や唱歌ですね。

キッチンに
甘く林檎の　熟すまで

季語「林檎」秋

句の意味

キッチンの片隅に林檎がぽつんと置かれてあります。まだ食べるには少しはやい林檎を買ってきたんですね。こんなときには甘く熟して良い香りがするまで、もう少し待ちましょう。

ポイント 37

TPOに合わせた作句のポイント

句意に込めたいものを絞りましょう

場所を素材に詠む ①台所

添削事例

原句

キッチンに
ポットの湯気の
春霞

季語 「春霞」 春

作者が言いたいこと

陽の光が差し込むと、湯気が立ち込めたように白くぼんやりとします。朝のキッチンの内と外のどちらも天気が良くて、春霞がかかっているようにみえるほのぼのとした句です。

チェック1 定型にまとまっているかを確認する

きっちんに
ぽっとのゆげの　はるかすみ

リズムはちょうど五・七・五です。

チェック2 季語が詠み込まれているかを確認する

「春霞」が季語で春の句です。

チェック3 句の意味が読者に伝わるかを確認する

「春霞」と「湯気」の組み合わせがわかりづらいと思います。

添削

キッチンに
ポットの湯気の
春霞

季語　「春霞」　春

上五に明るい光の様子を入れます

中七を「キッチンの朝」とすることで場所と時間を具体的にします

添削後

さんさんと
キッチンの朝
春かすみ

季語　「春かすみ」　春

コメント

ポットの湯気は、実際には違うので句意がわからなくなってしまいます。何によって「春霞」のように感じたかを描写するために「さんさんと」を上五に入れました。また中七を「キッチンの朝」とすることで、場所と時間が明確になり、朝の光が豊かに差し込んでいる情景が浮かびます。季語の「春霞」を「春かすみ」と変えたことで、やわらかな印象になります。

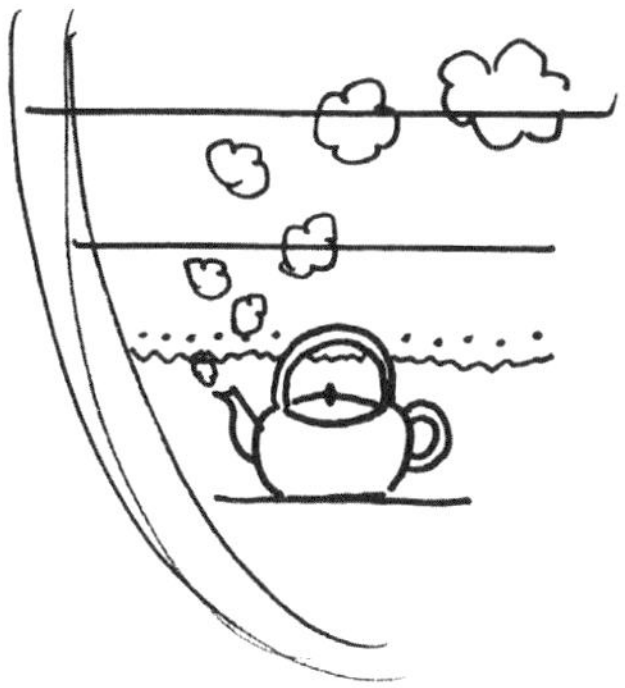

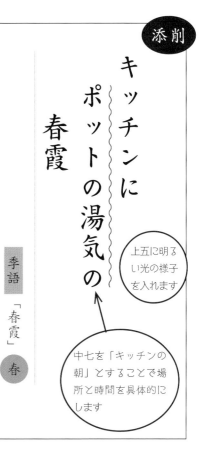

ポイント 38

TPOに合わせた作句のポイント

公園の句は季節と人間模様を込めましょう

場所を素材に詠む ②公園

公園を素材に選ぶ際は、直接その景色を詠む方法と、そこでの人間模様を詠む方法とがあります。例えば、公園で遊ぶ親子の様子を詠むかですね。公園景色として公園の桜を詠むか、公園後者の場合は、ことさらに公園と言うよりも、「ブランコ」「鉄棒」「砂場」など具象性のある言葉を選ぶと良いでしょう。公園と言わずとも伝わりますね。

例句

花の屋根
ギター片手に
コンサート

季語

「花の屋根」 春

句の意味

桜の枝がまるで屋根のように広がり、花が満開に咲く下で、ギターを弾いている若者のコンサートに出くわしました。こんな青空コンサートも素晴らしいですね。

チェック1 季節感のある句材を選ぶ

公園で俳句を作るときは、その場所を詠むのか、そこにある自然の景色を詠むのかを決めて、季節感のある句材を選びましょう。

チェック2 その場所の句材に触れる

吟行などで公園を散策する場合は、何か詠みたい句材に触れてみましょう。

その他の作句例

降り出した
雨にベンチを
去りがたく

季語「無季」

句の意味

急に降り出した雨に、それまで話をしていたベンチからなんだか離れたくないという、恋人同士のデートの句です。

夜桜に
二人でルンルン
ワンカップ

季語「夜桜」春

句の意味

春の帰り道、桜がちょうど満開で見ごろを迎えています。自動販売機でワンカップでも買って少し寄り道して夜桜見物を楽しむ、若きカップルの心も弾む句です。

ポイント 39

TPOに合わせた作句のポイント

場所を素材に詠む ②公園

添削事例

公園を詠むときは、表現したいシーンにふさわしい言葉を選びましょう

原句

公園に
揺れるブランコ
春の風

季語

「春の風」

春

作者が言いたいこと

春の風にブランコが揺れて、人気のない公園に軋む音がしています。なんとなく幻想的ですが、軋むほどブランコを揺らす強い風が、少し心配な気持ちを表していますね。

チェック1 定型にまとまっているかを確認する

こうえんに
ゆれるぶらんこ　はるのかぜ

ちょうど五・七・五です。

チェック2 季語が詠み込まれているかを確認する

「春の風」が季語で春です。

チェック3 句の意味が読者に伝わるかを確認する

「春の風」の語感では、ブランコが揺れるほどの強さを感じませんから、季語の意味が弱いですね。

添削

公園に揺れるブランコ春の風

「公園」をなくす

「春の風」を「強東風」にする

季語　「春の風」　春

添削後

強東風《つよごち》にブランコ軋み揺れている

季語　「強東風」　春

コメント

強東風《つよごち》とは、春に吹く強い風のことです。この季語により、ブランコが揺れるほどの風であることが納得できます。強東風の字面や「軋み揺れている」という表現で、荒々しい様子が演出できました。また、「公園」と「ブランコ」では場所の説明がくどいですね。ここでは「ブランコ」だけで十分伝わります。

ポイント 40

TPOに合わせた作句のポイント

乗り物の動きや人の場所を表現しましょう

場所を素材に詠む ③乗り物

車や電車、自転車やバス、飛行機や船、フェリーなど、さまざまな乗り物がありますが、かなり具象性のある素材ですから、丁寧に詠んでみましょう。実感のこもった秀句ができると思います。

例句

サイクリング
夏の大空
かつぎ漕ぐ

季語

「夏の大空」 夏

句の意味

自転車を漕ぐ姿の後ろに、夏の熱い大きな空が広がっています。まるで大きな夏の空を背負っているようなサイクリングの句です。

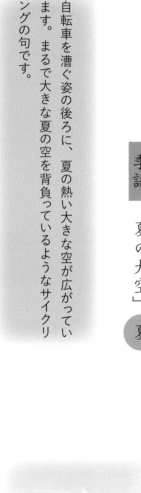

チェック1 動きを表現する

動きがある素材ですから、句にまとめるのは難しいですね。それでも、楽しく躍動感のある表現が生まれやすいと思います。

チェック2 場面を工夫する

電車や船が、俳句には詠み込みやすいかと思います。何色の電車か、上りか下りか、ホームか車内か、デッキか甲板かなど、さまざまな場面が生まれますね。

チェック3 作者のいる場所をわかりやすくする

乗り物を詠む場合は、作者の位置をわかりやすく詠むと、句の意味が伝わりやすいでしょう。例えば船を見送るのか、自分が旅立つのかです。

その他の作句例

春風の
ふわりと降りる
停留所

季語「春風」春

句の意味

春の風を着たような少女が、バスからふわりとスカートを膨らませながら降りて来る爽やかな姿が目に浮かびますね。美しい女学生が通学に乗っているバスの停留所を詠んだ句です。

渋滞を
追ひ越して行く
落葉かな

季語「落葉」冬

句の意味

落葉が、なかなか進まない交通渋滞の車の列を、風に追い立てられて舞飛ぶように追い越して行く。大都会の師走を詠んだ句です。

ポイント 41

TPOに合わせた作句のポイント

場所を素材に詠む　③乗り物

添削事例

乗り物に乗っている人の心情を表現してみましょう

原句

急行の
ベルに急かされ
年の暮れ

季語
「年の暮れ」
冬

作者が言いたいこと

年末には、懐かしいふる里への帰郷列車が、東京や上野から各地へ出発します。楽しそうな学生もいれば、仕事に疲れたような会社員の男性もいます。お正月を待つ一年の節目のドラマがそこには隠れていますね。

チェック1
定型にまとまっているかを確認する

きゅうこうの
べるにせかされ　としのくれ

五・七・五に整っています。

チェック2
季語が詠み込まれているかを確認する

「年の暮れ」が季語で冬の年末の句ですね。

チェック3
句の意味が読者に伝わるかを確認する

年末の忙しさと急行の発車ベルとがどんな繋がりなのか、よくわかりませんね。

添削

急行の
ベルに急かされ
年の暮れ

季語
「年の暮れ」
冬

「故郷行きの」にして、郷愁を匂わせる

「大晦日」にして、場面を具体的にする

添削後

発車ベル
故郷行きの
大晦日

季語
「大晦日」
冬

コメント

師走の慌ただしさを中七の「ベルに急かされ」として表現していますが、作者の想いを優先して「故郷行きの」とすると大晦日の里帰りの情景が浮かびあがります。年末の風景を詠むか里帰りの情景を詠むのか、作者の視点や居場所をどこに置くかで句が随分と変わります。

ポイント 42

TPOに合わせた作句のポイント

お気に入りのお店の良さを詠みましょう

場所を素材に詠む　④お気に入りのお店

例句

ショーウインドウ
春のドレスに
町写す

季語　「春」　春

句の意味

ショーウインドウのマネキン人形が、春色のドレスに変わり、いよいよ町にも春がやってくることを詠んだ句です。

これは、いわゆる、商店街の風景ですね。デパートなのか、スーパーなのか、小さなブティックかどこかなど、さまざまなショップでのショッピングのようすなどを俳句にすると、若いかたにも作りやすいのではないでしょうか。

チェック1
お気に入りのポイントを詠み込む

どこが気に入ってそのお店を選ぶかがわかると楽しいですね。例えば、美味しい店か、安い店とか、洋服屋さんか、雑貨屋さんかなどがわかると良いですね。例えば、ガーデニングのフラワーショップとか、カフェテラスとか。

チェック2
お店での状況を詠む

買い物などは、買った後か前かがわかると読者の共感を呼ぶと思います。

チェック3
誰のお気に入りなのかわかるようにする

自分のお気に入りなのか、客観的な他人目線のお気に入りなのかもわかると良いですね。例えば、美味しいケーキを作者が食べているのか、テラスにいる美少年が食べているところを見て詠むのかで、俳句のまとめかたが違います。

その他の作句例

ショーウインドウ
春色の　ドレス着て

季語「春」春

句の意味

ショーウインドウのマネキン人形が、春色のドレスに変わり、そうなるといよいよ町にも春がやって来ますね。

ブティックの
店員忙し　更衣

季語「更衣」夏

句の意味

衣更えの頃には、やはりブティックが大忙しです。新旧の入れ替えやセールの大売り出しなど、さまざまな商戦が繰り広げられています。そんな商店街を詠んだ句です。

大切な
小箱は　クリスマスケーキ

季語「クリスマスケーキ」冬

句の意味

クリスマスケーキは、毎年恒例の大切なクリスマスの象徴ですね。大きなケーキの箱が、暖かな幸せを感じさせてくれます。いつもケーキを抱えて帰って来る優しいお父さんの笑顔が浮かびますね。

ポイント 43

場所を素材に詠む　④お気に入りのお店

TPOに合わせた作句のポイント

添削事例

お気に入りのお店を詠むときは、訪れた用件を表現しましょう

原句

お買い物　大きな袋の　売り尽くし

季語

「無季」

作者が言いたいこと

年末は、お正月の用意のためにデパートやスーパーが大賑わいです。いつもより奮発してたくさん買い物をして、大きな袋を両手一杯に下げているであろう、主婦や子供づれの姿が想像できると思います。賑やかで楽しくなりますね。

チェック1

定型にまとまっているかを確認する

おかいもの
おおきなふくろの　うりつくし

中七が字余りになっています。

チェック2

季語が詠み込まれているかを確認する

季語となる言葉はないですね。

チェック3

句の意味が読者に伝わるかを確認する

大きな袋を持っているのか売っているのかが、わかりづらいですね。

添削

お買い物
大きな袋の
売り尽くし

季語
「無季」

「年用意」として
お買い物の用途を
わかりやすくする

中七・下五で袋
は手に持ってい
ることを示す

添削後

年用意
両手に大きな
袋さげ

季語
「年用意」
冬

コメント

「大きな袋の」では、袋そのものがただ大きいという意味になってしまい、沢山買った買い出しの様子がわかりません。

上五を「年用意」とすると、何用の買い物かが具体的になり、「お買い物」がなくても両手の袋の意味が伝わります。年末の買い出しの賑やかさが思い浮かびますね。

ポイント 44

TPOに合わせた作句のポイント

劇場は異空間であることを踏まえましょう

場所を素材に詠む ⑤劇場

これは、異空間なので、さまざまな詠みかたができると思います。ただ、季節感が出しやすい場所ではないかもしれませんね。

例句

幕降りて
芝居はおわる
冬の町

季語

「冬の町」 冬

句の意味

お芝居の終わりは、ハッピーエンドばかりとは限りませんね。さまざまな人間模様が織り成す人生の哀愁を冬の町は優しく見守っていてくれます。

チェック1

演目を句意に込める

どんな出し物を見た句なのかがわかると良いと思います。例えば、歌舞伎なのか、現代劇なのかですね。

芝居のほかにも、ダンスやコンサートなど、現代の劇場での催しは多彩です。詠みたい素材に焦点を絞り込みましょう。

チェック2

季節感を詠みこむ

そこに、季節感のある言葉があるかどうか、少し難しいかもしれませんが、出し物の季感でも良いと思います。

その他の作句例

エンディング
我に返され
花吹雪

季語「花吹雪」春

句の意味

花吹雪が舞うと、まるで夢の終わりのようです。短くも美しいその夢は果たしてなんだったのか。現実の世界に引き戻された空虚な感傷を詠んだ句です。

化粧前
落とす口紅
そぞろ寒

季語「そぞろ寒」秋

句の意味

芝居は演じる役者がいて幕が開きます。実際の役者が、化粧するときの緊張感を詠んだ句です。さむくなると、鏡の向うに見える世間の冷たさが、どこか哀愁を誘いますね。

ポイント 45

TPOに合わせた作句のポイント

添削事例

劇場を読む場合は、どのような想いでそこにいるのかを句意に込めましょう

場所を素材に詠む ⑤劇場

原句

お芝居の幕の開くまでチューリップ

季語 「チューリップ」 春

作者が言いたいこと

チューリップの花束はいかにも春らしいですね。お芝居の最後に華やかな気持ちのフィナーレが目に浮かぶようです。

チェック1 定型にまとまっているかを確認する

おしばいの まくのあくまで ちゅーりっぷ

五・七・五にまとまってはいますね。

チェック2 季語が詠み込まれているかを確認する

「チューリップ」が季語で春です。

チェック3 句の意味が読者に伝わるかを確認する

花束を持ってオープニングを待っているのでしょうが、よくわかりませんね。

添削

お芝居の
幕の開くまで
チューリップ

季語　「チューリップ」　春

「フィナーレへ」に変更し、状況も伝わるようにする

「花束贈る」とし下五を変更する

添削後

フィナーレへ
チューリップの
花束贈る

季語　「チューリップ」　春

コメント

お芝居のファンが、出演者に贈りたいと、チューリップの花束を持って待っているところですが、開幕を待っているロビーにチューリップが咲いていると、とれなくもありません。

下五に「花束贈る」と入れることで伝わりやすくなりました。また、上五を「フィナーレへ」としたので、お芝居であることと、出演者のファンであることも表現できますね。

ポイント 46

TPOに合わせた作句のポイント

スクリーンの向う側とこちら側との世界観の違いを詠み込みましょう

劇場より、かなり限定された場所ですので、映画そのものを観た感想を詠むのか、デートの場所として詠むのかを定めましょう。

例句

銀幕の
スター懐かし
星月夜

季語

「星月夜」　秋

句の意味

思い出のスターの顔が懐かしく感じるのは遠い青春の思い出だからでしょうか。だれにでも忘れられない感動のシーンがあるものです。いつのまにかときが過ぎて、そして、今では懐かしい思い出ですね。

チェック1

映画館を句材にする

映画館そのものを句材とする場合もあります。例えば、銀座シネマとか、渋谷映画館とか。

チェック2

映画館らしい句材を探す

チケットやポップコーンなど、映画館ならではのさまざまなアイテムが句材になります。

チェック3

映画の感動を詠む

見た映画の内容に感動して詠むこともできますね。

その他の作句例

ポスターの
下がる路地裏
梅雨晴れ間

季語「梅雨晴れ間」夏

句の意味

ポスターが、古びた路地の裏に梅雨の長雨に濡れながら貼ってある光景は、よくありますね。小さなスナックか、ラーメン屋さんかな。居酒屋さんかもしれません。ポスターはいつまでも期日を過ぎても、そのまま貼られていることが多いですね。名残り惜しいからでしょうか。人情の深さを詠んだ句です。

映画館の
予告の長く
春の宵

季語「春の宵」春

句の意味

映画を久しぶりに観に行くと、案外長い予告編に疲れたりします。楽しみで観ている程度なら良いのですが、次から次へと終わらないのかと思う位にいつまでも続くようなとき、なんだか始まる前に眠くなってしまうことありますよね。そんな春の宵の句です。

ポイント 47

TPOに合わせた作句のポイント

場所を素材に詠む ⑥映画館

添削事例

映画館を詠むときは、季語との組み合わせかたに工夫をしましょう

原句

有楽町
映画の後の
秋の虹

季語

「秋の虹」 秋

作者が言いたいこと

映画を観に行くのは、なんだかワクワクします。小雨が降っていたかと思えば、終わって出てみると天気が良くなっていたりすると、なんとなく観た映画の主人公になったような気分に浸ったりしますね。そんな気持ちを詠んだ句です。

チェック1 定型にまとまっているかを確認する

ゆうらくちょう
えいがのあとの　あきのにじ

上五が字余りですね。

チェック2 季語が詠み込まれているかを確認する

「秋の虹」が季語で秋となります。

チェック3 句の意味が読者に伝わるかを確認する

「映画の後」と「秋の虹」の関係が伝わりにくく、少し季語が難しいですね。

添削

有楽町
映画の後の
秋の虹

季語「秋の虹」秋

「有楽町」をとる

字数を整えて上五にする

添削後

映画あと
雨の上がれば
秋の虹

季語「秋の虹」秋

コメント

映画を観て外に出ると、雨降りだった天気が晴れて、空には虹が見えるということを伝えたいのですから、有楽町の映画館であることの説明は余計ですね。上五の「有楽町」をなくして、中七の「映画の後の」を整えて上五にします。あとは、「雨の上がれば」を入れることで、薄暗い天気から明るい空になった変化が自然と感じられて効果的です。「秋の虹」の季語がいかされた句になりましたね。

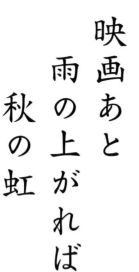

ポイント 48

TPOに合わせた作句のポイント

遊園地はその場での体験を詠みましょう

場所を素材に詠む ⑦遊園地

遊園地と言えば、ディズニーランドが大人気ですが、他にも大人も子供も楽しめる遊園地は各地にあります。遊園地では乗り物などのアトラクションに参加した体験が詠みやすいでしょう。

例句

水平線
夏の空へと
観覧車

季語

「夏の空」

夏

句の意味

観覧車がゆっくりと大空へ上り、そして、また降りて来る。遠くの海に水平線までクッキリと見える晴れた日ですね。町から離れるひとときの雄大さを詠んだ句です。

チェック1

自分の体験を詠む

アトラクションの感想のほか、ジェットコースターに乗る前のドキドキや観覧車の景色、懐かしいメリーゴーランドなど、ろいろな素材が得られます。幼い頃に行った遊園地との比較も共感を得られそうですね。

チェック2

他の人たちの様子を詠む

案外ドラマチックな人間ドラマが俳句になるかもしれませんね。

チェック3

眺めた景色を詠む

遠くから、眺める場合もあります。観覧車やジェットコースターなどは乗らなくても眺めているだけでも句材になりますね。

その他の作句例

桜咲く
お伽の馬車の
遊園地

季語「桜」　春

句の意味

遊園地には、いろいろな乗り物がありますが、この句はメーリーゴーランドを詠んだ句ですね。桜の花の咲く季節には、お花見がてら大人も子供も遊園地は楽しい場所ですね。

ジェットコースター
長々ならび
夏休み

季語「夏休み」　夏

句の意味

夏休みになると、普段とはまったく違うくらい大勢の子供達が遊園地に遊びに来ます。ほとんどが家族で来ますから、2倍3倍の混みようです。人気のアトラクションにはものすごい列ができますね。一番人気があるのはジェットコースターでしょうか。

ポイント 49

TPOに合わせた作句のポイント

添削事例

誰でもが楽しい場所を舞台に繰り広げられる物語を探しましょう

場所を素材に詠む ⑦遊園地

原句

メリーゴーランド待つ母に手を振る子供

季語

「無季」

作者が言いたいこと

遊園地では、乗り物に乗る子供を待っているお母さんの姿が愛らしく手を振る子供の姿といつも一緒です。家族の愛情を感じる微笑ましい光景を詠んでいます。

チェック1 定型にまとまっているかを確認する

めりーごーらんど
まつははに　てをふるこども

かなり破調ですね。

チェック2 季語が詠み込まれているかを確認する

この句では、季語はありません。

チェック3 句の意味が読者に伝わるかを確認する

句意はわかるのですが、俳句としてまとまりがありませんね。

添削

メリーゴーランド
待つ母に
手を振る子供

季語「無季」

「遠足の」に変更

「遊園地」にする

「待つ母に」をとり「手を振る子供」を整えて中七にする

添削後

遠足の
子供手を振る
遊園地

季語「遠足」春

コメント

メリーゴーランドは素敵なのですが、残念ながら字余りになります。季語となる「遠足」を上五にし、下五を「遊園地」にすることで、遊園地に来た理由も明確になり、リズムも五・七・五にまとまりました。

ポイント50

TPOに合わせた作句のポイント

誕生日は詠む相手への想いを込めましょう

さまざまなお祝いの機会に詠む ①誕生日

お誕生日は、世界中で一番の記念日ですから、そのかたへの贈り物として詠まれると良いでしょう。

例句

六月の涙綺羅星の誕生日

季語 「六月」 夏

句の意味

純ブライドの六月。一年で一番純真な心を持った精霊が現れる月。きっと、神様の美しい涙が夜空の綺羅星を生んだ月ですね。

チェック1 **誕生月が季語になる**

お誕生日の月には、当然、季節感がありますので、俳句に詠むには、まさしくぴったりですね。

チェック2 **季語で誕生日を示す**

そのかたの生まれた季節に合わせてお花や自然の風物詩を詠むと喜ばれるでしょう。

チェック3 **エピソードで特定の人物を示す**

また、親しいかたでしたらエピソードを詠み込むと楽しいですね。

その他の作句例

花束は　大輪のバラ　誕生日

季語「バラ」夏

句の意味

お誕生日のプレゼントにはやっぱり薔薇の花束がいいです。大輪のバラには素敵な生命力を感じます。

花うらら　この日が吾の　誕生日

季語「花うらら」春

句の意味

春のうららかな日和に誕生日を迎えるかたは、いかにも大地の目覚めとともにやって来る誕生日が、自然の生まれ出る日のようで、万物の神が宿ったような気持ちになるのではないかと思い詠んだ句です。

ポイント 51

さまざまなお祝いの機会に詠む ①誕生日

TPOに合わせた作句のポイント

細部にこだわって、相手への気持ちを表現しましょう

添削事例

原句

お誕生日お祝いにケーキ買う

季語

「無季」

作者が言いたいこと

お誕生日と言えばお誕生日ケーキですね。これは日本でもクリスマスケーキについで定番となっています。統計によるとこのお誕生日ケーキで日本人は苺の生クリームケーキが一番好きなのだそうです。これからはどんどん多様化して日本人の好みも変わってゆくのかもしれませんね。

チェック1 定型にまとまっているかを確認する

おたんじょうび　おいわいに　けいきかう

これでは破調です。六・五・五ですね。

チェック2 季語が詠み込まれているかを確認する

この句の中には季語は見当たりませんね。

チェック3 句の意味が読者に伝わるかを確認する

お誕生日ケーキを買うという意味の句だとはわかります

添削

お誕生日
お祝いに
ケーキ買う

季語
「無季」

「お」をとる

下五にする

季語を入れて
中七にする

添削後

誕生日
苺のケーキを
お祝いに

季語
「苺」
初夏

コメント

意図して「お誕生日」としているのかもしれませんが、効果が薄いので、ここは「誕生日」としましょう。
季語の「苺」を入れることで誕生日が初夏の頃であることが伝わるようになりました。全体的に調子も整いまとまりましたね。

ポイント 52

TPOに合わせた作句のポイント

成人の日に思い出の俳句を残しましょう

さまざまなお祝いの機会に詠む ②成人記念日

成人式を迎える新成人に向けてのはなむけの言葉に俳句を贈るのも風流ですね。

例句

成人の日を
晴れ晴れと
新成人

季語

「成人の日」 新年

句の意味

あらたな成人のかたがたを「新成人」と言いますが、ときの流れはいつの世にも留まることのないものですね。社会の新たな担い手を祝う句です。

チェック1　新成人の皆さんに贈る

御目出度い門出であるというお祝いの言葉を詠み込みましょう。

チェック2　親しいかたへ贈る

親しいかたの場合は、そのかたへのお祝いをエピソードや思い出話がわかるように詠み込んであると良い記念になるでしょう。

チェック3　グッズにして贈る

祝いの言葉としてカードなどで贈ると喜ばれますね。

その他の作句例

大人への
切符わたされ
成人式

季語「成人式」新年

句の意味

人生には何度か節目がありますね。子供の頃は両親が成長を祝ってくれるものですが、とうとう成人式がくると、もう立派な大人です。一人の人間として、これからの長い人生の門出を祝う切符が渡される記念ですね。

振袖の
少女二十歳の
成人式

季語「成人式」新年

句の意味

女性には、この成人式に振袖を着るという風習があります。これは、未婚の女性の正装であり人生に一度の大切な門出を祝い清める意味合いがあるようです。これまで育ててきた両親からの祝いの親心もあるようですね。

ポイント 53

TPOに合わせた作句のポイント

さまざまなお祝いの機会に詠む　②成人記念日

添削事例

人生の大切な門出となる成人式にお祝いの句を心を込めて詠みましょう

原句

成人の日を迎えれば酒飲める

季語

「成人の日」　新年

作者が言いたいこと

成人式では懐かしい同級生も集まりますから、にぎやかに乾杯で祝う若者も多いようです。楽しくて良いですね。そんなにぎやかな光景を詠んだ句です。

チェック1

定型にまとまっているかを確認する

せいじんのひを
むかえれば　さけのめる

上五と中七の句またがりとなります。

チェック2

季語が詠み込まれているかを確認する

「成人の日」が季語になりますね。新年です。

チェック3

句の意味が読者に伝わるかを確認する

これは、単純に新成人の気持ちがわかる句だと思います。

添削

成人の日を
迎えれば
酒飲める

季語
「成人の日」
新年

「迎え酒で」に変更する

「乾杯」に変更する

添削後

成人の日を
迎え酒で
乾杯

季語
「成人の日」
新年

コメント

こうすれば、句の意味もわかりやすくまとまり、句またがりですが、十七文字十七音に整った句となります。

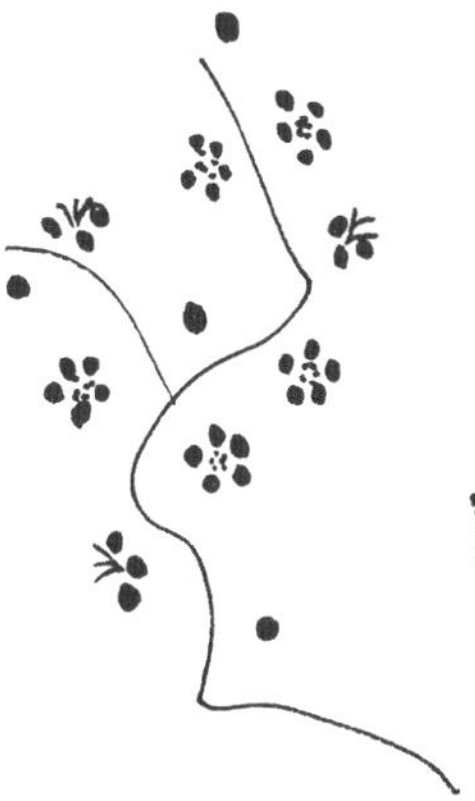

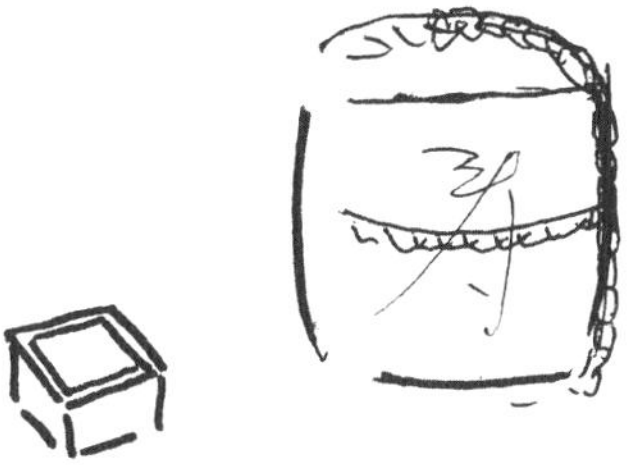

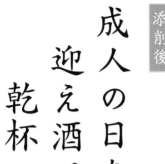

TPOに合わせた作句のポイント

ポイント 54

入学式はお子さんか親御さんのどちらかに決めて詠みましょう

入学式はお子さんの式ですので、お子さんへ贈る俳句か、親御さんへ贈る俳句かをはっきり決めて書きましょう。

例句

母の手を
握る幼子《おさなご》
入学式

季語

「入学式」　春

句の意味

小学校の入学式などでよく見かける光景です。親子の愛情はいつでも強く結ばれていますね。

チェック1

学校に合わせて詠む

小学校から大学まで、さまざまな入学式がありますので、それぞれの場合でお子さんや親御さんの心情を汲み取って俳句にしましょう。

入学式は長い人生の礎を築く学生時代の節目となりますから小学校・中学校・高校と、立派に成長していく過程で俳句を残すと素敵な記念になりますね。

チェック2

お祝いの気持ちを詠む

お祝いであることを意識して詠みましょう。

チェック3

成長の喜びを詠み込む

お子さんの成長を何よりも喜ぶ気持ちを忘れずに書きましょう。

その他の作句例

入学式が
待ち遠しそう
ランドセル

季語「入学式」春

句の意味

ランドセルは、小学生の象徴ですが、子供の頃はだれでも学校へ行くのが楽しみで、このランドセルを買ってもらうと嬉しくて入学式が待ち遠しいものです。そんな、思い出をランドセルに込めて具象的に詠んだ句です。

成長を
喜ぶ母と
入学式

季語「入学式」春

句の意味

入学式は、入学する子供本人とその親御さんとどちらにも大切な節目ですね。これからは毎日学校へ通わなくてはならない大きな日常生活の変化ですね。そんなお母さんを想い詠んだ句です。

ポイント 55

TPOに合わせた作句のポイント

さまざまなお祝いの機会に詠む ③入学

入学式を詠む場合は桜の季節であることを効果的に使いましょう

添削事例

原句

入学式
花の散る
校舎へと

季語

「入学式」「花」 春

作者が言いたいこと

この句は、入学する本人の立場で詠んだ句です。入学式の頃はいつも桜の花が満開です。ときにはすでに花吹雪が舞い散ることや、まだ蕾の頃など、何度も入学し卒業を体験する日本に生まれ育って、学び舎はとても懐かしい思い出がたくさんつまった場所ですね。

チェック1 定型にまとまっているかを確認する

にゅうがくしき
はなのちる　こうしゃへと

あまり整っていません破調ですね。

チェック2 季語が詠み込まれているかを確認する

この句では「入学式」と「花」がどちらも季語です。これは季重なりです。

チェック3 句の意味が読者に伝わるかを確認する

入学式に視点がまとまっている感じはしますが、花が気になりますね。

添削

入学式
花の散る
校舎へと

季語 「入学式」「花」 春

「桜吹雪の」に変更する

「学び舎へ」に変更する

添削後

入学式
桜吹雪の
学び舎《や》へ

季語 「入学式」「桜吹雪」 春

コメント

季重なりでも季節の感覚は春でまとめられていますので季感は整うでしょう。

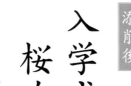

さまざまなお祝いの機会に詠む　④卒業

ポイント 56

TPOに合わせた作句のポイント

卒業はお祝いと別れの気持ちを詠み込みましょう

卒業式はお祝いですが、別れを惜しむ気持ちもありますね。卒業されるかたとの関係や立場で俳句の内容もかなり違ってきます。

例句

卒業写真
旧姓の
懐かしく

季語　「卒業」　春

句の意味

女性特有の句ですね。女性は結婚すれば姓が変わります。あたりまえのことですが、学生時代のままの姓の女性は少ないものですね。いつも懐かしい旧姓が、思い出の隣に書かれていることを詠んでいます。

チェック1　学校に合わせて詠む

卒業式も小学校から始まり、さまざまな学校がありますから、何を卒業されるのかが第三者にも伝わるように、お祝いの句を書きましょう。

チェック2　お祝いの対象を決めて詠む

卒業されるかたとの別れを惜しむのか、ご家族と一緒にお祝いするのかで随分俳句が違ってきます。

チェック3　卒業の有難みを詠み込む

別れと門出の両方の気持ちを含めて考えると卒業することの有難さや幸せを感じるような句が詠めるでしょう。

その他の作句例

アルバムを
開きたくなる
梅の頃

季語「梅」春

句の意味

梅の花が咲くともうすぐ卒業式です。卒業式がくると思い出すのが卒業写真ですね。人が人生の別れを知る最初なのかもしれません。大切な思い出ですね。

大人へと
走り少女の
卒業す

季語「卒業」春

句の意味

ときがたつのは本当に早いものです。大人へ成長してゆく少女の爽やかな黒髪を思い浮かべるような句です。

ポイント 57

添削事例

卒業について詠むときは人生の門出であることを句に込めましょう

原句

卒業を 明日に控えて 下宿出る

季語 「卒業」 春

作者が言いたいこと

大学生は、これから社会へ進むという大きな節目の卒業ですから、下宿していることの多い大学生たちは、その引っ越しも同時に迎える訳です。この句はそんな社会に旅立つ、卒業する男性を詠んだ句です。

チェック1 定型にまとまっているかを確認する

そつぎょうを あすにひかえて げしゅくでる

定型にまとまっています。

チェック2 季語が詠み込まれているかを確認する

「卒業」が季語で春ですね。

チェック3 句の意味が読者に伝わるかを確認する

意味がどうともとれるような下五ですが、大学生を思わせますね。

添削

卒業を
明日に控えて
下宿出る

季語
「卒業」
春

「大学を」として意味を明確にする

上五と合わせて「明日卒業し」とする

添削後

大学を
明日卒業し
下宿出る

季語
「卒業」
春

コメント

上五を「大学を」にすることで、このあと社会人になるであろうことも伝わります。卒業するかたの心情にも想像が広がりますね。

ポイント 58

TPOに合わせた作句のポイント

就職は大人になったかたへのはなむけとして詠み込みましょう

こうした大人の出発を祝う句は、そのかたへのはなむけの言葉ですので、ただお祝いとしてではなく、人生の先輩、または後輩としての言葉を詠み込むと良いでしょう。

例句

大人びて　スーツの似合う　入社式

季語

「入社式」　春

句の意味

この入社式というのは、決して卒業式のない節目の式ですね。これで大人の制服であるスーツを着ることができるのでしょう。何となくそんなスーツが似合うほど立派になった新社会人へ向けての句です。

チェック1

後輩に向けて詠む

作者が先輩の場合は、これからの仕事の試練や苦労と喜びや楽しみを具体的に詠み込むと喜ばれるでしょう。

チェック2

先立つ先輩に向けて詠む

作者が後輩の場合は、就職されためでたいお祝いの言葉を主体にまとめると良いでしょう。

チェック3

親しい人に向けて詠む

親御さんやお友達などの親しい人には、客観的に嬉しい祝いとして詠むことをおすすめします。こうした贈る言葉ではあまり厳しいことを述べないほうが喜ばれるでしょう。

その他の作句例

就職を　決めたと妹と　冬林檎

季語「冬林檎」冬

句の意味

就職しようということは、女性には大きな覚悟がいります。男性には大切でも当たり前ですが、女性にはさまざまな選択肢があります。そんな、姉妹の冬の林檎を食べながらの会話をふと思い出して詠んだ句です。

夏が来て　早くも就職　戦線か

季語「夏が来て」夏

句の意味

このごろの就職活動は、なんだか年々早まるばかりですね。追い立てられるような環境で、当人たちにしてみたら何だか大変な感じがします。

ポイント 59

さまざまなお祝いの機会に詠む ⑤就職

TPOに合わせた作句のポイント

就職について詠む場合は昨今の世相に基づいて表現しましょう

添削事例

原句

就職が
決まりどこかが
桜色

季語 「桜」 春

作者が言いたいこと

人生の節目にはいつも桜の花が咲いていますね。この国の特徴なのでしょうか。大切な就職が決まり安心感が春を思わせるに違いありません。

チェック1 定型にまとまっているかを確認する

しゅうしょくが
きまりどこかが　さくらいろ

定型にまとまっています。

チェック2 季語が詠み込まれているかを確認する

この場合は「桜」で春となります。

チェック3 句の意味が読者に伝わるかを確認する

あまり具象的ではないですね。情景が浮かびづらいです。

添削

就職が
決まりどこかが
桜色

「就職難」にする

「入社の決まり」に変更する

「春うらら」にして喜びを表現する

季語　「桜」　春

添削後

就職難
入社の決まり
春うらら

季語　「春うらら」　春

コメント

これほど若者が悩んでいる時代はこれまでにないのではないかと思います。少しずつ好きな仕事に付けるようになると良いですね。そんな思いから詠んだ句です。

こうすれば、安堵感が「春うらら」の季語を引き立ててくれますね。

ポイント60

TPOに合わせた作句のポイント

試練を経ての喜びを句に詠みましょう

さまざまなお祝いの機会に詠む ⑥資格試験合格

この場合は、確実に合格をお祝いする俳句を贈りましょう。

例句

合格の
吉報届く
春の朝

季語 「春の朝」 春

句の意味

合格は嬉しいものです。どんな試験でも合格するまでは大変な試練です。こんな嬉しい春はないと思い作った句です。

チェック1
点数を入れる

点数などがわかる場合は詠み込むと良いでしょう。例えば、「満点で合格」とか、やっとの思いで「合格点」すれすれだとか、「九十九点で合格」だとか。

チェック2
エピソードを入れる

エピソードなどがあると楽しいですね。例えば「三度目の挑戦」だとか、「特別優秀」だとか。

チェック3
資格の内容を入れる

資格の内容が、わかる場合は俳句に詠み込めると良いでしょう。「国家資格」だとか、エステシャンの資格だとか、さまざまですね。

その他の作句例

エステシャン
資格昇進
桜散る

季語「桜散る」春

句の意味

職種にもよると思いますが、スキルアップのための昇進試験がありますね。人生はいつまでも勉強です。

秋晴れて
検定受ける
はや五十路

季語「秋晴れ」秋

句の意味

まさに一生勉強ですね。幾つになっても試験を受けることは、頭の体操にもなるし自分にとっての再確認のためにもなりますのでおおいに良いことだと思い詠んだ句です。

TPOに合わせた作句のポイント

さまざまなお祝いの機会に詠む ⑥資格試験合格

添削事例

資格試験合格のめでたさを詠む場合はその背景を句に取り入れましょう

原句

検定の二級にうかる女学生

季語

「無季」

作者が言いたいこと

学生時代に何かの検定を受けることもありますね。これは、確かな経歴にもなり良いことだと思います、この句は具体的に級として詠みました。

チェック1 定型にまとまっているかを確認する

けんていの にきゅうにうかる じょがくせい

定型ですね。

チェック2 季語が詠み込まれているかを確認する

この句の場合、季語がありません。

チェック3 句の意味が読者に伝わるかを確認する

句の意味はわかるとは思いますが、女学生の検定のようですね。

添削

検定の
二級にうかる
女学生

季語を入れて中七にする

整えて下五にする

上五にする

季語「無季」

添削後

女学生
春の検定
二級取る

季語「春」春

コメント

説明的な句でしたが、季語が入ることで俳句らしく整いましたね。
春という季語も、めでたさを表現するのにふさわしいでしょう。

TPOに合わせた作句のポイント

ポイント 62

結婚をテーマに詠むときは忌み言葉を避けましょう

おめでたい人生最大のイベントです。忌み言葉は避けましょう。

忌み言葉の例

切る	なくなる
終わる	消える
再び	止める
返す	分かれる
旅立つ	別れる

例句

結婚を
菫《すみれ》に契る
男女かな

作者 正岡子規

季語 「菫」 春

句の意味

春に咲く可憐な花に永遠の愛を固く約束するうら若き男女の結婚に対する誓の想いを詠んだ句です

チェック1

大きな出来事を身近な物にたとえる

大きな人生の出来事を身近な菫という草花でとらえていることが素敵ですね。

チェック2

助詞を工夫する

詠嘆を表す終助詞「かな」の使い方が上五のテーマを引き立てています。

チェック3

美しい表現を意識する

結婚を菫に象徴している繊細で美しい表現が見事です。「結婚」という言葉をあえて使わず、「契る」という言葉で結婚を表現しています。

その他の作句例

春すでに
高嶺未婚の
つばくらめ

作者　飯田龍太　季語「春」　春

句の意味

春の美しい花の山はすでに高い峰まで来ているのに、つばめはまだ一羽で巣には子供がいないようだ。

嫁ぐ妹と
蛙《かえる》田《だ》を越え
鉄路を越え

作者　金子兜太　季語「蛙」　春

句の意味

嫁いで行くことが決まった妹と子供の頃から共に過ごした蛙の鳴く田んぼを越えて線路を越えて遊んだことを懐かしく思い出す。

ポイント 63

結婚を詠むときは思い出の物事に詠み手の想いを託しましょう

添削事例

原句

この家に
アルバムを置き
嫁ぎ行く

季語

「無季」

作者が言いたいこと

幼いころからの思い出の詰まった家から嫁ぐ娘の嬉しさと寂しさ。

チェック1 定型にまとまっているかを確認する

このいえに
あるばむをおき　とつぎゆく

定型にまとまっています。

チェック2 季語が詠み込まれているかを確認する

この句の中には季語は見当たりません。

チェック3 句の意味が読者に伝わるかを確認する

「アルバム」という言葉に込めた想いがわかりづらいです。

添削

この家に
アルバムを置き
嫁ぎ行く

季語
「無季」

「家」が何を伝えたいのか、作者の想いがわかりづらいです。この言葉を「幼き日」に替えます

添削後

幼き日
アルバムに置き
嫁ぎ行く

季語
「無季」

この句の背景にある作者の想いは季節には関係がないものと考えます。

コメント

「家」を「幼き日」としただけで、アルバムにある幼き頃の写真を思い出し、これまで育ててくれた両親への感謝の気持ちが伝わります。

ポイント 64

TPOに合わせた作句のポイント

初出産は、そのお産の様子を丁寧に伝えましょう

さまざまなお祝いの機会に詠む　⑧初出産

かなりシーンが限定されますが、お産の前後の様子が解り易くまとめられていればいいのではないかと考えます。

例句

初産の髪みだしたる暑さ哉《かな》

作者　正岡子規

季語　「暑さ」　夏

句の意味

初めてのお産で、髪が乱れている母親になったばかりの女性の込み上げてくるような強く暑い想いと、夏の暑さの厳しさを詠んでいます。

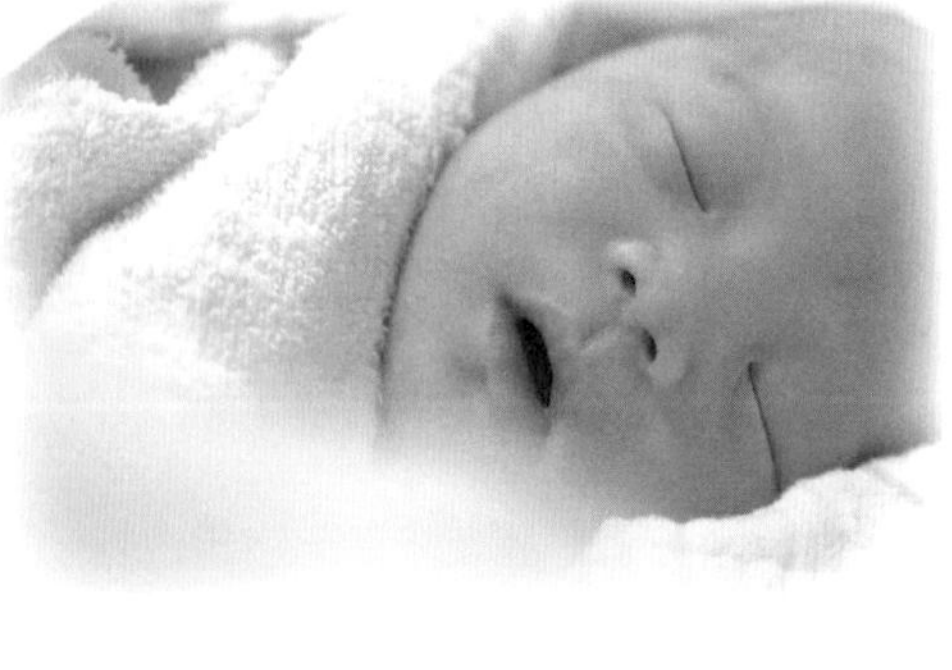

チェック1 生き生きとした表現

幸せな目出度さが「髪」という繊細な具象性のある表現で描かれています。そのことを含め、母体の生き生きとした表情が見事に表現されています。

チェック2 季節に合ったシーン選び

夏の句ということがこの句に与える大きさがわかります。

チェック3 古語を有効に使う

「乱れた」という言葉をあえて使わずに、「みだしたる」という古語を使っています。

その他の作句例

名月や
すたすたありく
芋畑

作者　正岡子規

季語　「名月」「芋」　秋

句の意味

「ありく」という古語を使い、名月が美しく明るい夜に芋畑を足早に歩く姿が風流に表現されています。

寒の星
昴けぶるに
眼をこらす

作者　橋本多佳子

季語　「寒の星」　冬

句の意味

「けぶる」という古語を使い、昴が美しくぼんやりと見え思わず眼をこすりじっと見入ってしまったことを情緒のある寒い冬の星として表現しています。

ポイント 65

添削事例

TPOに合わせた作句のポイント

初出産を詠むときは、シチュエーションと詠み手の立ち位置がわかりやすいといいです

さまざまなお祝いの機会に詠む ⑧初出産

原句

カーテンの
向うで笑う
初産後

季語

「無季」

作者が言いたいこと

作者はお産の後のお母さんにお見舞いに行った時のことを詠んでいます。お産を喜ぶ笑い声が聞こえて来る。まだその顔が見えないところからその様子を心配しながら詠んでいます。

チェック1 定型にまとまっているかを確認する

かーてんの
むこうでわらう　ういざんご

定型にまとまっています。

チェック2 季語が詠み込まれているかを確認する

この句の中には季語は見当たりません。

チェック3 句の意味が読者に伝わるかを確認する

赤ちゃんを詠んでいるのではなく初産の厳しさや嬉しさなど、母体を心配する作者が詠んでいることがわかりづらいですね。

添削

カーテンの
向うで笑う
初産後

季語
「無季」

どんなスチエーションなのか、作者はどんな想いなのかがわかりづらいですね

下五から上五に移動させてシチュエーションを明確に

添削後

初産に
カーテン越しの
泣き笑い

季語
「無季」

初出産と限定されている場合は、そのこと自体が大きなテーマなので特に季節感にはこだわらない場合もあるでしょう。

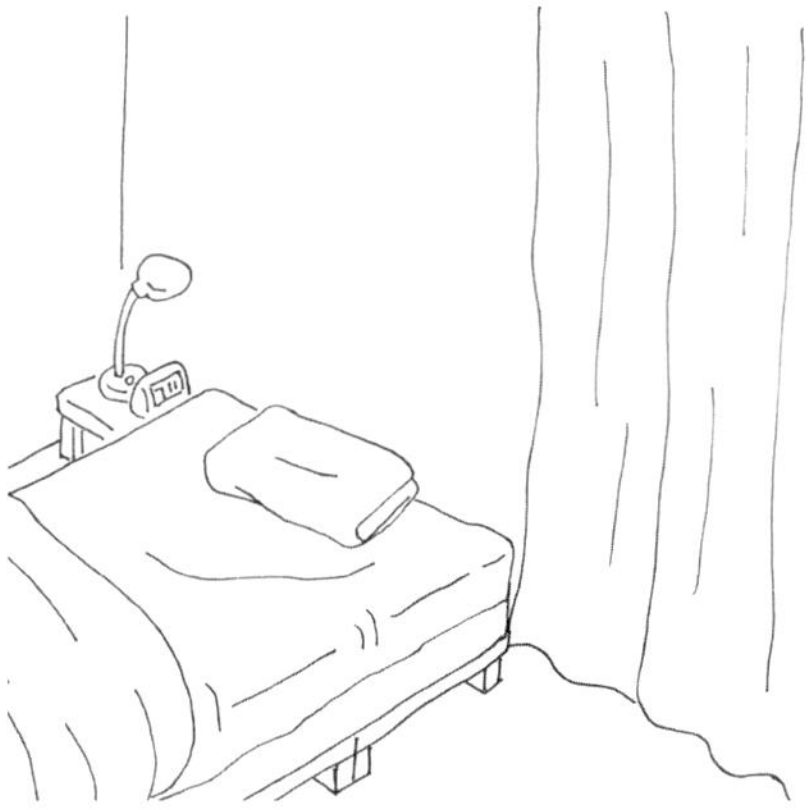

コメント

初産に駆け付けた家族の句です。お産が終わり安堵しているお母さんになった嬉しそうな笑い声に安堵している作者の気持ちが伝わる、優しく楽しい俳句です。

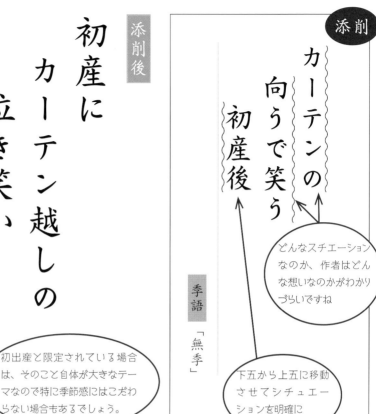

ポイント 66

TPOに合わせた作句のポイント

還暦のお祝いは高齢化社会となった現代を詠み込みましょう

さまざまなお祝いの機会に詠む ⑨還暦

還暦は六十歳のお祝いですね。昔は赤いちゃんちゃんこを着て祝いました。

例句

ちゃんちゃんこ
今さら還暦
花の雨

季語

「花の雨」 春

句の意味

今の時代は高齢化時代ですから、何だかいまさら還暦もないという世相を反映して詠んだ句です。

チェック1　これからの喜びを詠む

これからは、悠々自適な人生でしょうという喜びの言葉を贈りましょう。

チェック2　おめでたい言葉で詠む

還暦を迎えるかたには60年生きてきた歴史があります。いま現在を健康に働いているかたもいれば、そうではないかたもいるでしょう。

さまざまな場合がありますが、お祝いの席などでは、おめでたい言葉でお祝いの句を詠みましょう。

チェック3　親しい間柄として詠む

親しいかたの場合は、これまでの作者との関係によって、さまざまな俳句が作れると思います。友人か上司か、親類か家族かで、随分違いますね。

その他の作句例

九月には
還暦となる
夫の顔

季語「九月」秋

句の意味

この句は、少々年上の夫が還暦を迎えるという句です。人生の節目の男の顔には、やはり仕事の顔がありますね。

還暦を
迎えるまでと
桜坂

季語「桜」春

句の意味

まだ還暦を迎えるまでは、この桜の坂を上り続けなければという想いを詠んだ句です。桜坂が実景であるか否かは、読者の想像に任せます。

ポイント 67

TPOに合わせた作句のポイント

さまざまなお祝いの機会に詠む ⑨還暦

添削事例

還暦のお祝いを詠む場合は、「健康」など相手の長所を取り入れましょう

原句

還暦を過ぎて生き生き海水浴

季語

「海水浴」 夏

作者が言いたいこと

今の時代には、還暦も古希も関係ありませんね。幾つになっても元気でありたいと思います。

チェック1

定型にまとまっているかを確認する

かんれきを
すぎていきいき　かいすいよく

下五が字余りですね。

チェック2

季語が詠み込まれているかを確認する

「海水浴」が夏の季語ですね。

チェック3

句の意味が読者に伝わるかを確認する

わかるようで視点がわかりづらいですね。

添削

還暦を
過ぎて生き生き
海水浴

季語
「海水浴」
夏

「元気」に変更する

季語を上五にする

添削後

海水浴
還暦を
過ぎても元気

季語
「海水浴」
夏

コメント

季語は字余りでも名詞なので、上五に置いたほうが句の調べが整うでしょう。そして、中七から下五は句またがりですが、句意をわかりやすくまとめるために効果的でしょう。

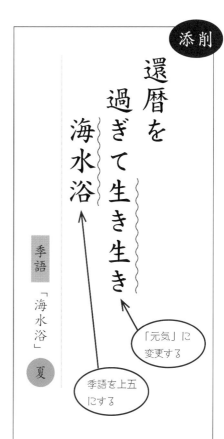

ポイント 68

TPOに合わせた作句のポイント

詠み手の想いをうまく表現しましょう

詠み手の立ち位置がわかると理解しやすいです。また、子供には男女の違いがあまりないので詠む際は少し注意しましょう。

例句

菊植ゑて
孫に書かする
木札かな

作者　小林一茶

季語　「菊植う」　春

句の意味

菊の根分けをして、いい菊の花を咲かせようと植える姿を詠んでいます。それに重ねて木札に菊の品種などの名前を子供に書かせている。そんな孫の成長も予想され、一茶らしい温かな優しさが感じられる俳句です。

チェック1

動きを持たせる

「孫」という詠みづらいテーマを動きのある季題でまとめ上げています。

チェック2

単に可愛いだけではない躾の視点も

やさしさの中に躾の厳しさがあり見事です。

チェック3

想いがしつこくならないように詠む

いくら可愛いからと言って、孫の可愛さがしつこくならないようにしましょう。

その他の作句例

魂祭り
王孫いまだ
帰り来ず

作者　与謝蕪村　季語　「魂祭り」　秋

句の意味

お盆のお祭りなのだけれど、王家の子孫はまだ帰られていない。どうしたのであろうか。という江戸時代の蕪村の句です。お盆とお正月は今も昔も里帰りをする風習があったのですね。解釈は難しいのですが、心配する愛情が感じられます。

笈《おい》も太刀も
五月にかざれ
紙幟《かみのぼり》

作者　松尾芭蕉　季語　「五月」　夏

句の意味

この句は芭蕉「奥の細道」の中の名句です。義経伝説のいわれの有る佐藤庄司が旧跡を訪ねてその話を聞き、端午の節句を詠んだ句です。

ポイント 69

TPOに合わせた作句のポイント

さまざまなお祝いの機会に詠む ⑩初孫

添削事例

初孫を詠むときは、孫の可愛さがしつこくならないようにしましょう

原句

初孫に マンション用の 雛飾り

季語

「雛飾り」 春

作者が言いたいこと

初孫にひな人形を贈りたいのだけれど時代は変わりこの時代には、マンション用のお雛様のお飾りが喜ばれるものだという親心と時代の変化を詠んでいます。

チェック1 定型にまとまっているかを確認する

はつまごに
まんしょんようの　ひなかざり

定型にまとまっています。

チェック2 季語が詠み込まれているかを確認する

この場合は「雛飾り」で春となります。

チェック3 句の意味が読者に伝わるかを確認する

何か作者の言いたい気持ちがわかりづらいです。時事句のようで孫句のような曖昧さは良くないでしょう。

添削

初孫の
マンション用の
雛飾り

季語
「雛飾り」

この語順だとイロニー的、つまり皮肉っぽく受け取られてしまうため、言葉を逆にする

「初孫」というテーマに合った季語ですね

添削後

初孫の
雛人形は
マンション用

季語
「雛人形」

コメント

雛人形と初孫という二つのテーマがぶつからないようにお孫さんの雛人形というニュアンスでまとめれば内容が絞り込めます。

ポイント 70

TPOに合わせた作句のポイント

日頃の心情を詠み込みましょう

日常生活での出来事を詠む ①部屋の片づけ

日常の生活句ですが、心情が詠み込まれるといいです。

例句

草の戸も
住替る代ぞ
ひなの家

作者 松尾芭蕉

季語 「ひな」 春

句の意味

旅に出る前に引っ越した後の家を見て、すでに新しい住人が雛飾りをしている様子に、人生流転の実相を感じた句。

チェック1

シチュエーションをわかりやすく

引っ越しの後片づけに立ち寄るという古風な時代を感じます。

チェック2

最適な季語を選ぶ

季語が動かしようのない意味を持たせていて見事です。

チェック3

心情が詠み込む

芭蕉が草庵を離れる寂しさや旅立ちの不安感が句に詠み込まれています。

その他の作句例

屋根瓦
こけづく里の
夏書かな

作者　室生犀星《むろうさいせい》　季語「夏」夏

句の意味

屋根瓦が青々と苔むしている古里の夏に、その情景を描写しているという句ですが、「書」は詩人である犀星が俳句を詠んでいること、若しくは描画を描いていることを表現しています。そこには、故郷を思う気持ちや暑い夏に対する哀愁など、奥深い感慨が詠み込まれています。

花衣
ぬぐや纏《まつわ》る
紐《ひも》いろいろ

作者　杉田久女　季語「花衣」春

句の意味

お花見に行くための着物を花見から帰り脱いでいるところの句です。着物の紐は何本もカラフルで些事《さじ》とあいまって美しく、解くことが面倒だという作者の花疲れの気怠《けだる》さが詠み込まれていて女性らしさを際立たせています。

ポイント 71

添削事例

部屋の片づけを詠むときは、何をどうして片づけるのか詠み手の想いが見えるといいです

原句

衣更え
まだ捨てられぬ
ものばかり

季語

「衣更え」 夏

作者が言いたいこと

季節の移り変わりが早く、何をどう片づけたらいいのか。捨てることも出来ないものばかりで困っているという句意です。

チェック1

定型にまとまっているかを確認する

ころもがえ
まだすてられぬ　ものばかり

定型にまとまっています。

チェック2

季語が詠み込まれているかを確認する

この場合は「衣更え」で夏となります。

チェック3

句の意味が読者に伝わるかを確認する

片づけというテーマが少し薄れてしまい、断捨離のようなイメージで、これでは衣更えの季語が活かされていません。

添削

衣更え
まだ捨てられぬ
ものばかり

下五に

季語「衣更え」夏

ものが増えてしまい衣更えが大変だとわかるように、「片しても片しきれない」に変更

添削後

片しても
片しきれない
更衣《ころもがえ》

季語「更衣」夏

コメント

下五に更衣が来ると、作者はなかなか片づかない衣類の整理が、どうにも苦手だという困った様子が明るく読みとれます。

ポイント 72

TPOに合わせた作句のポイント

立ち位置を明確にして共感が持てるようにまとめましょう

日常生活での出来事を詠む ②買い物

詠み手の立ち位置を明確にすることと、日常の生活句なので共感が持てるようにまとめるといいでしょう。

例句

星空へ店より林檎あふれをり

作者 橋本多佳子

季語 「林檎」 秋

句の意味

買い物に夕方出かけ店に林檎が山積みになっている青物市場のような場所で、林檎をひとつ手に取ろうとしたらあふれてこぼれ落ちそうになりその瞬間にふと目に入った空にはもう星が出ているという美しい俳句です。

チェック1

具象性

絵画的な美しさと「星空」「店」「りんご」といった具象性のある表現が使われています。

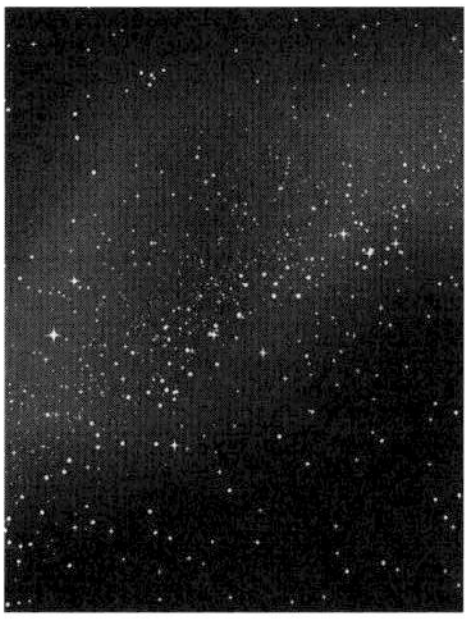

チェック2

最適な季語の選択

季語が大きな意味を感じさせています。

チェック3

視点の変化

視点が手元から夜空へと大きく広がってゆく表現が見事です。

その他の作句例

さまざまの
事思ひだす
桜かな

作者　松尾芭蕉　季語「桜」春

句の意味

いろいろなことが沢山あった長い年月だけれど、この桜を見ると懐かしく思い出されるという句。日常の些事から長い人生の出来事まで、広く広がる芭蕉翁の想い詠んだ句です。

したたかに
水を打ちたる
夕ざくら

作者　久保田万太郎　季語「夕ざくら」夏

句の意味

桜の花が夕空のもとに咲き静まって、その桜の下にはうち水がしてある。足元の水の音から夕桜の香りを見上げるという広がりが美しい屋敷町の情景を詠んだ句です。

ポイント 73

添削事例

夫婦での買い物を詠むときは、休日というシチュエーションをうまく活かしましょう

原句

買い物に
夫婦楽しく
日曜日

季語

「無季」

作者が言いたいこと

テーマについての日常の楽しいひとこまを詠んでいます。

チェック1

定型にまとまっているかを確認する

かいものに
ふうふたのしく　にちようび

定型にまとまっています。

チェック2

季語が詠み込まれているかを確認する

この句の中には季語は見当たりません。

チェック3

句の意味が読者に伝わるかを確認する

中七に具象性があった方がいいでしょう。ご夫婦で楽しいのは何故かわかるといいです。

添削

買い物に
夫婦楽しく
日曜日

上五と中七を「買い物は妻が舵とる」として、日曜日というスチエーションを上手く活かしましょう

季語
「無季」

添削後

買い物は
妻が舵とる
日曜日

季語
「無季」

コメント

日曜日の買い物に夫婦で出かけるときにはいつも妻の方が舵を取って、夫は妻にいいように好きなものをいつもより買い込んでいる様子が楽しそうで素敵な俳句です。

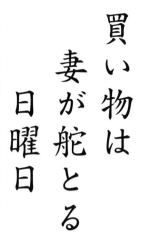

ポイント 74

詠み手の立場がわかるように詠むといいです

誰が詠む句なのか、一般論なのかがわかるといいです。

例句

わらんべの
溺《おぼ》るるばかり
初湯かな

作者　飯田蛇笏《いいだだこつ》

季語　「初湯」　新年

句の意味

小さな子供が溺れるくらい多くの湯を使う初湯であることだ。

チェック1　**最適な季語選び**

日常の些事ですが初湯という季語が効いています。

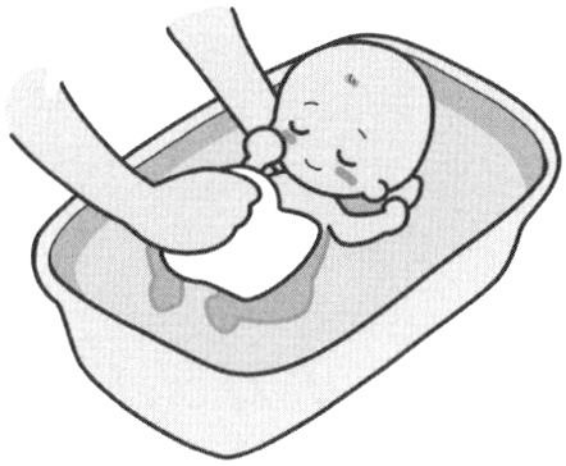

チェック2　**表現への工夫**

子育ての暖かさがほほえましい表現で詠まれています。

チェック3　**心を込めた言葉の選択**

「わらんべ」という言葉に優しさを感じます。

その他の作句例

園児らに
花野途方も
なく広し

作者　飯田龍太　季語　「花野」　秋

句の意味

園児たちが秋の草花が美しく咲いている花野で遊んでいるその様子を見ているとまるで途方もなく広々と感じているようで可愛らしい。作者の「園児ら」に対する優しさが感じられます。

あわれ子の
夜寒の床を
引けば寄る

作者　中村汀女　季語　「夜寒」　秋

句の意味

秋の終わり頃、夜の寒い部屋で隣りに寝ている子どもが寒そうにしている。思わずその布団を自分の方に引くと、すっと寄ってくる。「子」を詠んだ母の愛情を感じるやさしい句です。

ポイント 75

TPOに合わせた作句のポイント

日常生活での出来事を詠む ③子育て

添削事例

子育てを詠むときは、親の共感が持てるシチュエーションを詠むことがおすすめです

原句

お弁当 忘れ遅刻の 幼稚園

季語 「無季」

作者が言いたいこと

幼稚園に通い子には毎日お弁当を持たせなければならないのですが、ときにはせっかく作っても忘れてしまい遅刻することもあるものだという句です。

チェック1 定型にまとまっているかを確認する

おべんとう わすれちこくの ようちえん

上五と中七の句またがりですが、十七文字十七音で定型です

チェック2 季語が詠み込まれているかを確認する

この句の中には季語は見当たりません

チェック3 句の意味が読者に伝わるかを確認する

幼稚園に遅刻したことを説明しているような印象で、送り迎えやお弁当づくりの子育てのテーマが薄れています。

添削

お弁当
忘れ遅刻の
幼稚園

季語
「無季」

下五を具象性のある「子をチャリで」に変更すると共感が持てますね

添削後

お弁当
忘れ遅刻の
子をチャリで

季語
「無季」

コメント

子育てに悪戦苦闘のママの様子がよくわかりユーモラスで楽しい俳句です。

ポイント 76

TPOに合わせた作句のポイント

人生への考え方・哲学を詠み込みましょう

日常生活での出来事を詠む ④別れ

テーマがぶれないように、また、共感が持てるように句意をまとめるといいでしょう。

例句

蛤の
ふたみにわかれ
行秋ぞ

作者　松尾芭蕉

季語　「秋」　秋

句の意味

蛤の殻のように旅立つのは寂しく辛い別れだが、片方の蓋を探しにどうしても行かなければならないそんな気持ちで、また旅に出かける決意の秋であるという句です。芭蕉「奥の細道」最後の大垣の抄の句です。

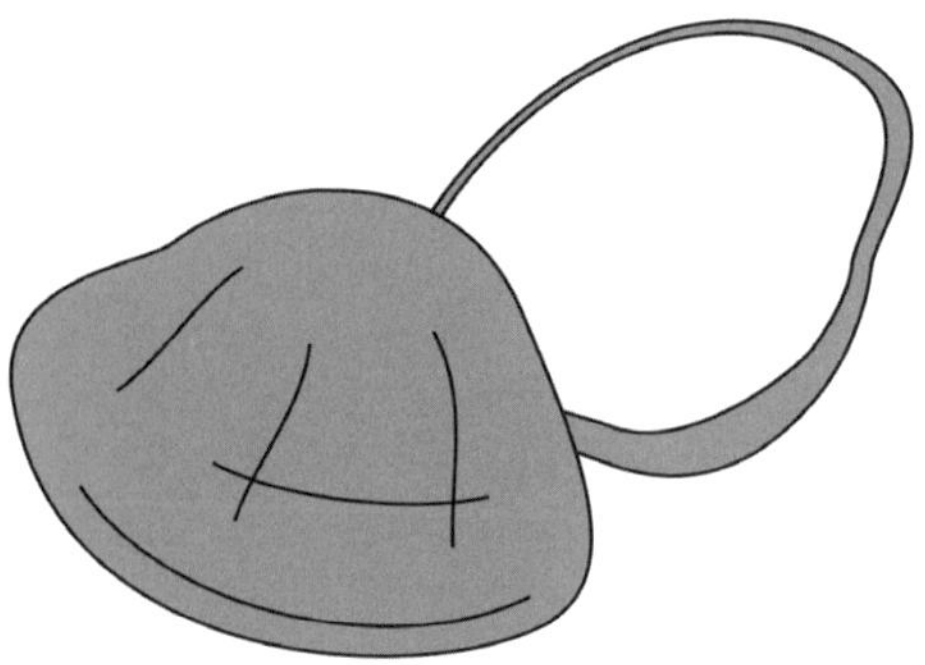

チェック1　一つの言葉にいくつもの想いを込める

「蛤」に意味を込めていくつもの想いを表現されています。

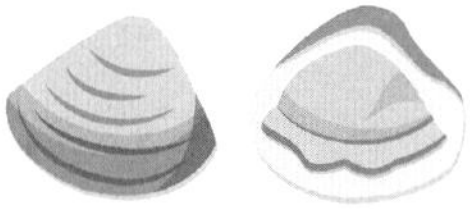

チェック2　季重りでも気にならない言葉選び

季重りですが上手くまとめられているので気になりません。

チェック3　人生に対する哲学を詠む

旅が終わりそしてまた新たな旅が始まるという芭蕉の旅に対する人生哲学を感じます。

その他の作句例

五月雨《さみだれ》を
あつめて早し
最上川

作者　松尾芭蕉　季語　「五月雨」　夏

句の意味

五月雨が降り注ぎ最上川の水嵩が増して、なんと流れが速いことか。という旅の有名な句です。最上川の船着き場から船出の旅立ちを想い詠んだ句です。

桜散る
散るを現《うつつ》の
船出とし

作者　上野貴子　季語　「桜散る」　春

句の意味

桜の花が散り今年も新たな一年が始まる。お花見の頃はまるで一時の夢のようだ。現実の世界の船出から、旅や別れを想う句です。

ポイント 77

TPOに合わせた作句のポイント

別れを詠むときは、具象性のある言葉を選んでまとめるといいです

添削事例

原句

さよならを言わず手をふる冬ぬくし

季語 「冬ぬくし」 冬

作者が言いたいこと

冬の暖かな小春日和に切ない別れがきてしまったけれど、最後の「さよなら」は言わずに別れようという恋人同士の別れの句です。

チェック1 定型にまとまっているかを確認する

さよならを
言わず手をふる　冬ぬくし

定型にまとまっています。

チェック2 季語が詠み込まれているかを確認する

この場合は「冬ぬくし」で冬となります。

チェック3 句の意味が読者に伝わるかを確認する

素敵な句ですが、手をふることが「さよなら」を意味するようにも解釈できてしまいます。

最後の別れを言葉に出して言うことのできないもどかしさがわかりづらいですね。

添削

さよならを
言わず手をふる
冬ぬくし

季語　「冬ぬくし」　冬

「約束をせずに」として作者の心情が読み取れる言葉に替えましょう

添削後

約束を
せずに手をふる
冬ぬくし

季語　「冬ぬくし」　冬

コメント

別れの言葉が口に出して言えずにいつものように手をふる二人。今度会う約束はしないでおこうという作者の別れの決意がよくわかります。

ポイント 78

TPOに合わせた作句のポイント

今の心情を詠み込みましょう

日常生活での出来事を詠む ⑤介護

介護する側とされる側の機微がわかるといいです。

例句

寝すがたの蠅追ふもけふがかぎり哉

作者 小林一茶

季語 「蠅」 夏

句の意味

この句は『父の終焉日記』にある句で、父が病で寝ている姿に夏の暑さで蠅がくるのを払うのだが、もはや危篤状態で、明日をも知れぬほど、やつれ果ててしまっていると嘆いている句です。

チェック1

心情を伝える

介護の切なさが現代にもひしひしと伝わります。

チェック2

現状に合った季語を選ぶ

季語が少し今の時代には印象が強すぎますが病状が読み取れます。

チェック3

静と動の対比

静と動の対比と「蝿」という小動物を詠み込んでいて、作者のその対象物への愛情を感じます。

その他の作句例

ラレレラと
水田の蛙
鳴き交す

作者　山口哲子
季語　「蛙」　春

句の意味

水田に蛙の声が明るくラレレラとあちこちから聞こえてくる。春ののどかな田園風景に響く擬音語の明るさが小動物への愛情を感じます。

蝶とんぼ
蜂みな友や
露の庭

作者　高木晴子
季語　「蝶」「とんぼ」「蜂」「露」　秋

句の意味

朝露の降りた庭に蝶やトンボや蜂までもやって来て、まるでみんな友達のように仲良く露を吸っている様子を詠んでいて、まさに優しさが溢れる女性の句です。

ポイント 79

TPOに合わせた作句のポイント

日常生活での出来事を詠む ⑤介護

添削事例

介護を詠むときは、上手く言葉を絞り込んで句意が伝わるようにしましょう

原句

手摺付け介護の家に退院す

季語

「無季」

作者が言いたいこと

手摺を付けて、介護が必要になった親元の家だが、何とか病院から退院して帰ることができたことへの安堵と不安を詠んだ句です。

チェック1

定型にまとまっているかを確認する

てすりつけ
かいごのいえに　たいいんす

定型にまとまっています。

チェック2

季語が詠み込まれているかを確認する

この句の中には季語は見当たりません。

チェック3

句の意味が読者に伝わるかを確認する

手摺を付けるのは家なので、意味がダブり逆に具象性に欠けるのではないでしょうか。

添削

手摺付け
介護の家に
退院す

季語　「無季」

手摺を付けるのは家なので、逆に意味がダブってわかりにくいですね

中七を「介護ベットに」に替える

添削後

手摺付け
介護ベッドに
退院す

季語　「無季」

コメント

重いテーマですが上手く絞り込んで句意が伝わるようになりました。退院の嬉しさと介護の不安が入り混じった日常の生活の心情が読み取れます。

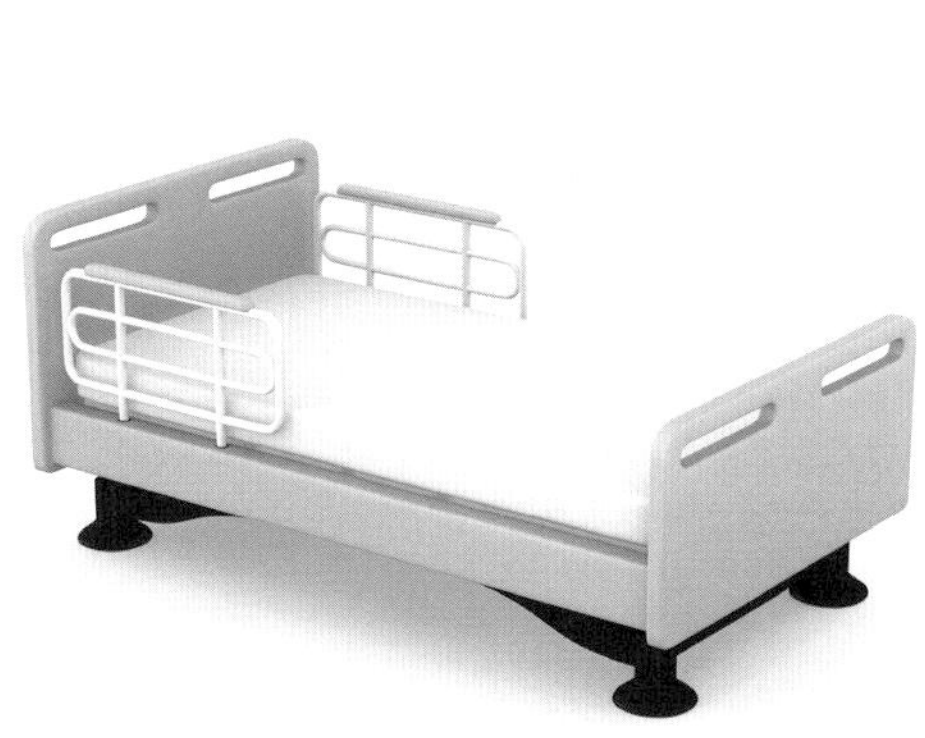

コラム
3

俳句を通して人生を楽しもう

俳句は楽しむものです。よく読物に留まらない参加型の文芸だと言われますが、まさしくその通りだと思います。もちろん、心を打つ素晴らしい作品は幾つもありますし、多くの名句に感銘します。けれども、不思議なもので、自分にも作れる気がしてくるのです。これは本当です。

俳句はよく敷居が高いとか、取っつき難いなどと言われますが、それこそが作句を前提にして言っています。俳句は短く、文体が古典的なので、古い漢字など読みづらいかとは思いますが、あまりそうした意味で、俳句を難しいというかたはいません。日本人にはわかりやすい十七文字十七音ですから、案外、作ることを前提にしています。ですから俳句はただ字面を「読む」のではなく「詠む」と言います。これは、詩歌を作り声に出してうたうという意味で、「詠む」というのです。

俳句はまさしく自らが楽しむために作るものなのです。日本語の美しさや各地の風物詩に触れると、すぐに俳句にしてみようと思います。これは俳句を習っている人なら誰でもそのようです。句材はどこにでもあるのです。

ためらわずに、俳句を作ることは人生そのものを楽しむことだと考えて下さい。そうすれば、ご自分がご自分のための自由な俳句が作れますね。そこにこそ俳句本来の素晴らしさがあるのだと思います。

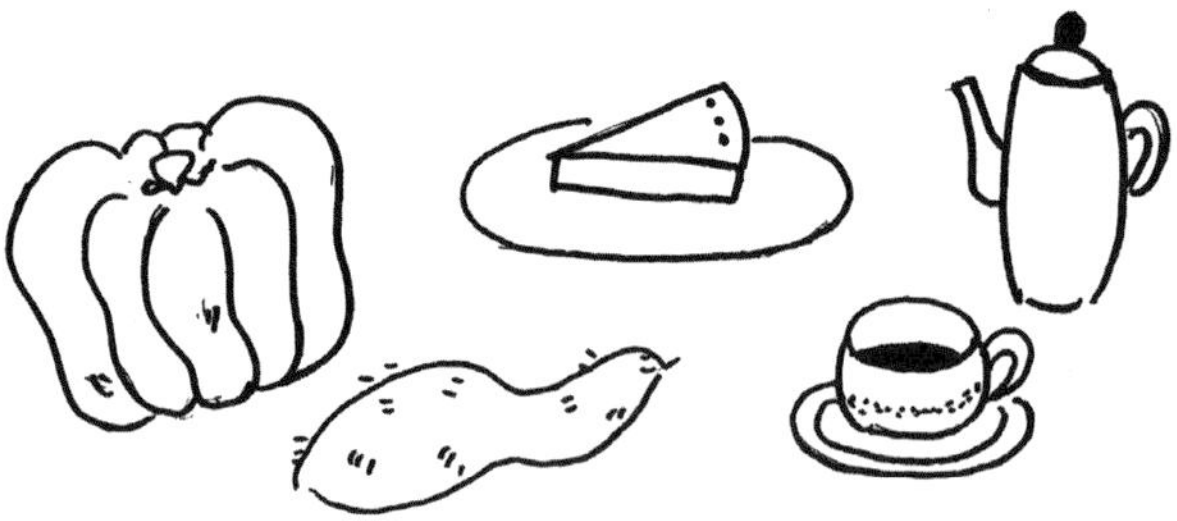

第四章
上達するための楽しい習慣づくり

・俳句日記を書きましょう
・吟行に出かけましょう
・さまざまな句会に出て楽しく力試し＆実力ＵＰ

この章では、作句の上達をめざして、日常に取り入れやすい楽しい習慣づくりや、さまざまなイベントへの参加を提案しています。

ポイント 80

俳句日記を書きましょう

俳句日記は日常に新たな発見を導きます

①俳句日記とは

子供の頃、誰もが夏休みになると絵日記を書いた記憶があると思います。俳句日記とは、まさしく絵日記と同じようなものです。日記を俳句で書くことは、大変良いことです。毎日一句、月日と曜日やその日の天候や行事などをとてもわかりやすくまとめることができます。

また、俳句日記は、何よりも習慣化するという素晴らしい点に意義があると思います。毎日の暮らしを一句にまとめることが、俳句上達への近道となるでしょう。

例句

2月7日（※）

厨辺《くりやべ》を風がコトコト春寒し

※俳句日記では、前書きに日付を書くと良いでしょう。

季語 「春寒し」 春

句の意味

厨《くりや》のまわりには、よく木戸《きど》や納戸《なんど》などがあり、春先のまだ寒い風にコトコトと音を鳴らして寂しさを誘いますね。この句はそんな女性の厨事《ちゅうじ》の句です。

チェック１

事実を書き記すだけの日記とは違う

それは、普通の日記よりも、表現に大きな幅ができて書き記しながら自己の想像力も養われ、しかも現実をデフォルメしたり、集約したりして、事実を書き記すだけの日記とは遥かに違う読み物としての表現となります。

チェック２

平凡な毎日を新たな発見へと導く

読み手が居ることを意識したり、また現実を超えて心情を表したりすることで、平凡な毎日を新たな発見に満ちたものへと導くものでもあります。

チェック３

おのずと今日に合った正しい季節感が養える

よく暦どおりにいかないと言われるところが、俳句の季語の難しさですが、日記では、ほとんどがその日の天候や行事、実際に見た季語となる句材を捉えて書きますから、具体的に作句し続けていくと、おのずと今日に合った正しい季節感が養えます。

ポイント81

俳句日記を書きましょう

行動の描写よりも想いを書きましょう

②俳句日記書きかたのコツとは

俳句日記が、単なるその日の出来事の報告で終わらないためには、その日の天候ばかりでなく、その日・その瞬間に作者が何を感じ考えたかを句に詠み込みましょう。

そうすれば、作品に個性や具象性が出ると思います。

ささいな出来事が、言葉の翼に乗って大きく羽ばたき、また別の言葉を生み出し、新しい発見をうながしてくれるでしょう。

例句

春惜しむ
記念写真に
日付入れ

季語

「春惜しむ」　春

句の意味

過ぎゆく春をしみじみと懐かしみながら写真の整理をする。そんな落ち着いた気持ちでアルバムを開くのが楽しみな句です。たまに日付けのない写真があると、いつのことか気にかかりますね。

チェック1

毎日の出来事を俳句で書き留める

毎日の出来事を俳句で書き留めてみましょう。それは、毎日の俳句日記であり自分史でもあります。

チェック2

季節を上手く詠むために季語を選ぼう

天候に関する季語を旨く詠み込み、単なる空模様を越えた、独自の感性での気候の変化を上手く詠み込みましょう。

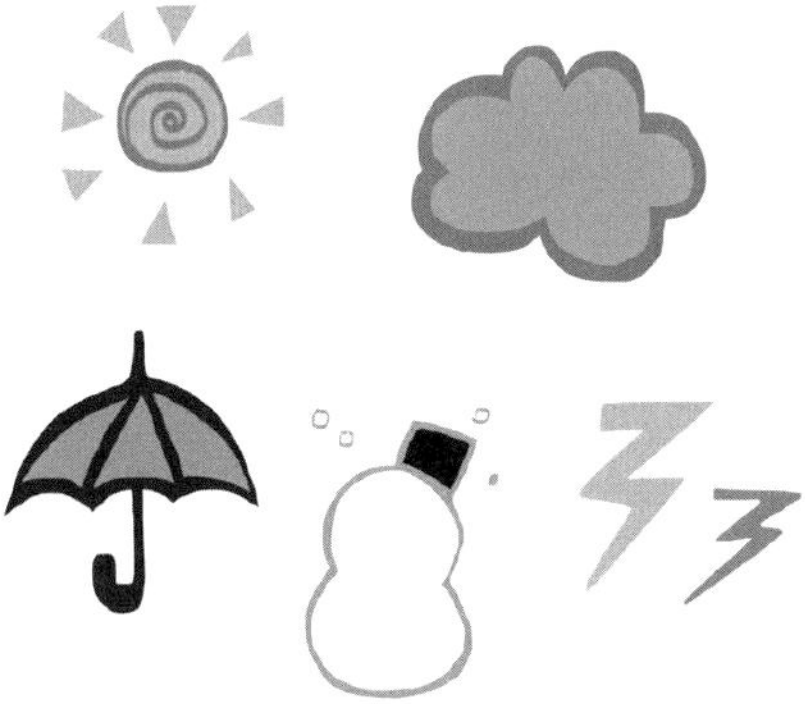

チェック3

行動に想いを込める

人間の行動そのものをただ記すのではなく、そこに想いが込められると良いでしょう。

ポイント 82

吟行に出かけましょう

「吟行《ぎんこう》」に出かけましょう

吟行とは

例句

雲ひとつなき
空見上げ
梅真白

季語 「梅」 春

句の意味

梅の花が真っ白く純真な心を歌うように空へ向かって咲いています。雲が一つもない青空へ春を告げるかのようです。

一人で部屋に閉じ籠って、入門書片手に作句を励むのも良いのですが、今一つ良い作品が作れないと思ったときに

必需品

俳句手帳などのメモ帳と鉛筆の他には、各自動きやすい服装で天候に合わせた備えなど。

注意点

雨具や帽子を備えておくと心配がありませんね。その他には句材を写真に撮っておくのも楽しいです。

は、吟行に出かけることをお勧めいたします。

吟行とは、作句のために野外や名所旧跡に出かけて行くことを言います。

実際の風景や事物に触れることで、感性が磨かれることはもちろんのこと、作句に必要な句材も集まります。出かける先は決して遠くである必要はありません。近所・家の回りでも新たな多くの句材を集めることができるでしょう。また、一人ではなく、俳句仲間を誘って行くのも、他の人の物事への見かたを知ることができ、それがさらに新たな刺激となって吟行をより一層楽しむことができるでしょう。

ポイント 83

さまざまな句会に出て楽しく力試し＆実力UP

発表した俳句を批評し合う句会は実力がUPする機会です

①句会とは

句会とは、俳句を作り、発表して批評し合う集りです。ですから、そこでは選句して点数を競い合ったり、作品の良し悪しを添削したり選評を話し合ったりします。また他にも、さまざまな形の俳句の楽しみかたがあります。どれも実際に参加してみると実力にもなり作句力が付きます。

ここでは、最も多く行われている句会のやりかたをおおまかにまとめてみます。

句会のやり方

準備

短冊、清記用紙、選句用紙。

短冊は簡単に半紙などを切って句会用に手軽な大きさの小短冊を用意すると良いでしょう。

進めかた

順番	解説
①出句	各自の作品を一句ずつ短冊に無記名で書き、締め切り時間までに提出する。出句数は人数に応じて決めておく。
②清記	出句された作品を別紙に書き写します。そもそも誰の句か筆跡からではわからないようにするのが清記。提出された短冊を集め、それを出句と同数全員に配り清記用紙に各自が書き写す。書き終わったら、ページ番号を記入。最後のページには、それを明確にするために番号の後に「止メ」と書く。
③選句	何句選ぶかあらかじめ決めておく。名前を明記して、選句用紙に選句した句を書き写す。
④披講と名乗り	披講とは、選んだ句を読み上げること。聞き取りやすい声で間違えなく読み上げる。披講者は自分の名前を読み上げ、まず自分の選句から読み上げる。
⑤選評	名乗りとは、披講者に自分の句が読み上げられたら名前を言うこと。点盛りの係りが名前を明記して、得点を記録しておく。

句会でよく使う俳句用語

順番	意味	備考
季重なり	季語が二つ以上ある場合。	P32参照
無季	季語が一つもない場合。	P32参照
季感	季節の感覚のこと。	
切れ字	主に「や」「かな」「けり」に代表される。	P34参照
句またがり	句の句切れが五・七・五ではなく上下どちらかにまたがっている場合。	P30参照
句意	句の意味のこと。	
句評	俳句の講評。	
字余り	五・七・五の十七文字十七音におさまらずに字数が多い場合。	P28参照
字足らず	五・七・五の十七文字十七音より字数が少ない場合。	P28参照

ポイント 84

わかりやすい言葉とその場に合った季語の選択が句会で評価されるコツです

句会には必ず選者がいます。そして、句会では、投句した句が選者に選ばれなければなりません。ときには、句意が作者の意志を越えて作者の意図とは別に選者に解釈されてしまう場合もあります。それでは、その作者の作品が生かされません。

では、選者に評価される句は、どのようにするとできるのでしょうか？その点を、句会で高得点を取った例句を参考にしてチェックにまとめてみました。

例句

蛤《はまぐり》の殻に波寄す銀の縞《しま》

季語 「蛤」 春

句の意味

蛤の殻は外側だけでなく、開いた内側が波が打ち寄せるような銀色に輝く縞柄模様でとても美しいです。

チェック1

わかりやすい言葉を使って選者が理解しやすい作句を心がける

わかりやすい言葉を使うことが大切です。

句意がはっきり見えてくると、その句は、理屈や論理では言い尽くせない好感の持てる表現の句になります。逆に、難解でわかりづらくて読者に句意がつかめない句は、好感を持たれることはありません。

チェック2

その場、そのときに合った季語を選択できるように心がける

雛祭の日の句会に合った「蛤」と言う季語の季節感が、選者の、その句への共感を呼ぶことができました。

チェック3

俳句は句会を通して作られるものだと心がける

披講のあとの皆からの意見や感想、そして話し合いは、作者にとってはこの上ない勉強の場、自身の句に対するフィードバックの場となります。

俳句は、作者の一人よがりのものではなく、句会を通して作られるものだということを忘れてはいけません。

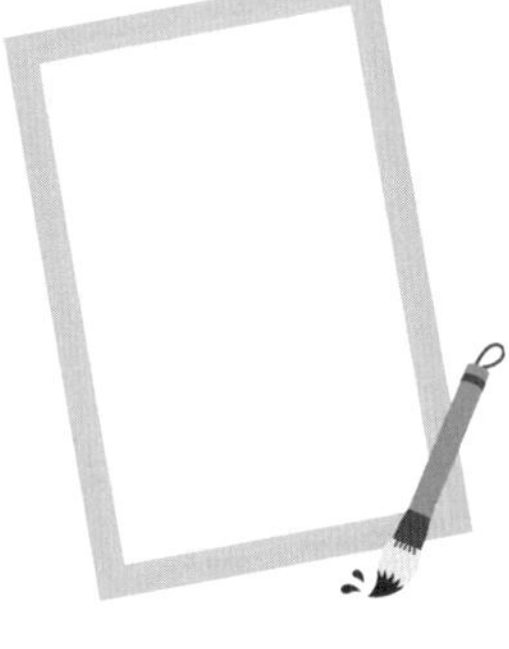

ポイント 85

さまざまな句会に出て楽しく力試し&実力UP

俳句カルタで俳聖の句を覚えましょう

俳句カルタを楽しむ

句例

まけるな
いっさ
これにあり

取り札

やせ蛙
まけるな一茶
是にあり
一茶

読み札

句の意味

蛙が雌をめぐり雄どうし争っている。負けそうな痩せた蛙よ、一茶がここについているから負けるな、応援しているぞ。（一茶）

俳句カルタの楽しみかた

カルタの名前の由来は、そもそもがポルトガル語で、勝負を競うもので、古くは「花カルタ」とも言われていたようです。庶民的で今日の花札やトランプカード等と同じです。

よく混同されますが、百人一首をカルタにしたものは、歌カルタと言って、昔からあるようです。

百人一首は和歌ですが、ここで言う俳句カルタは、俳句を使うカルタです。

一茶や蕪村や芭蕉などの句を、カルタにした俳句カルタは、江戸時代から庶民に広まり、現代では、ほとんどが大人から子供まで、幅広い人々に親しまれ、ルールもさまざまで気軽に楽しめるものです。また、読み札と、下の句だけ書かれた取り札に分かれているので、句を覚えたりするのにも便利です。

俳句カルタの遊びかた

俳句カルタの遊びかた例

句例の「やせがえる負けるな一茶是にあり」を読み札とすると

取り札には「まけるないっさこれにあり」とあります。

読み手によって読み札が読まれたら、参加者は競い合って取り札を探して取ります。

俳句カルタと言えば一茶・蕪村・芭蕉

俳句のカルタで有名なのは、やはり小林一茶、与謝蕪村、松尾芭蕉と言った俳聖と呼ばれる方々です。

なお、カルタといえばお正月の遊びのイメージです。俳句でも、カルタは新年（一月）の季語になっています。昔ながらのカルタ会が今でも正月になると各地で行われているからのようです。

また、俳句カルタは、大人から子供まで楽しめて、俳句を覚えるために良いので、江戸時代に俳聖と呼ばれていた芭蕉に代表される俳人たちが、庶民に広めたようです。平明で易しい句を使い、ルールはその場に応じてさまざまで、新たに考え出したりしながら楽しんでいたようです。

ポイント 86

さまざまな句会に出て楽しく力試し&実力UP

俳句相撲（俳句合わせ）にチャレンジしましょう

二手に分かれて行う俳句相撲

俳句相撲とは、いわゆる、行司《ぎょうじ》（判者《はんじゃ》）が、二手に分かれた組から一句ずつ出した句を、勝負させ、優劣をつけ、競い合うというものです。

これは、平安初期から和歌では、歌合わせと呼ばれ、盛んに宮廷や、貴族の間で流行ったものです。

二手に分かれたグループから一句ずつ出し合い、その句を行司役が判断して、優劣を付け、勝った句が何句あるのか、多い組のほうが勝ちという遊戯です。

俳句相撲は、勝ち負けがあるので、楽しみながら上達できると思います。その進めかたを次に例を挙げて説明します。

ルール1
二手に分かれて行う

ルール2
判者（行司役）が
優劣の判定をする

俳句相撲の進めかた

行司役（判者）上野貴子

番付：赤組・花子　対　青組・太郎

一番

赤組　オリオン座今宵は中天帰り道　花子

対

白組　冬晴れや次の駅まで歩こうぜ　太郎

判者の軍配

オリオン座今宵は中天帰り道　・・・勝ち

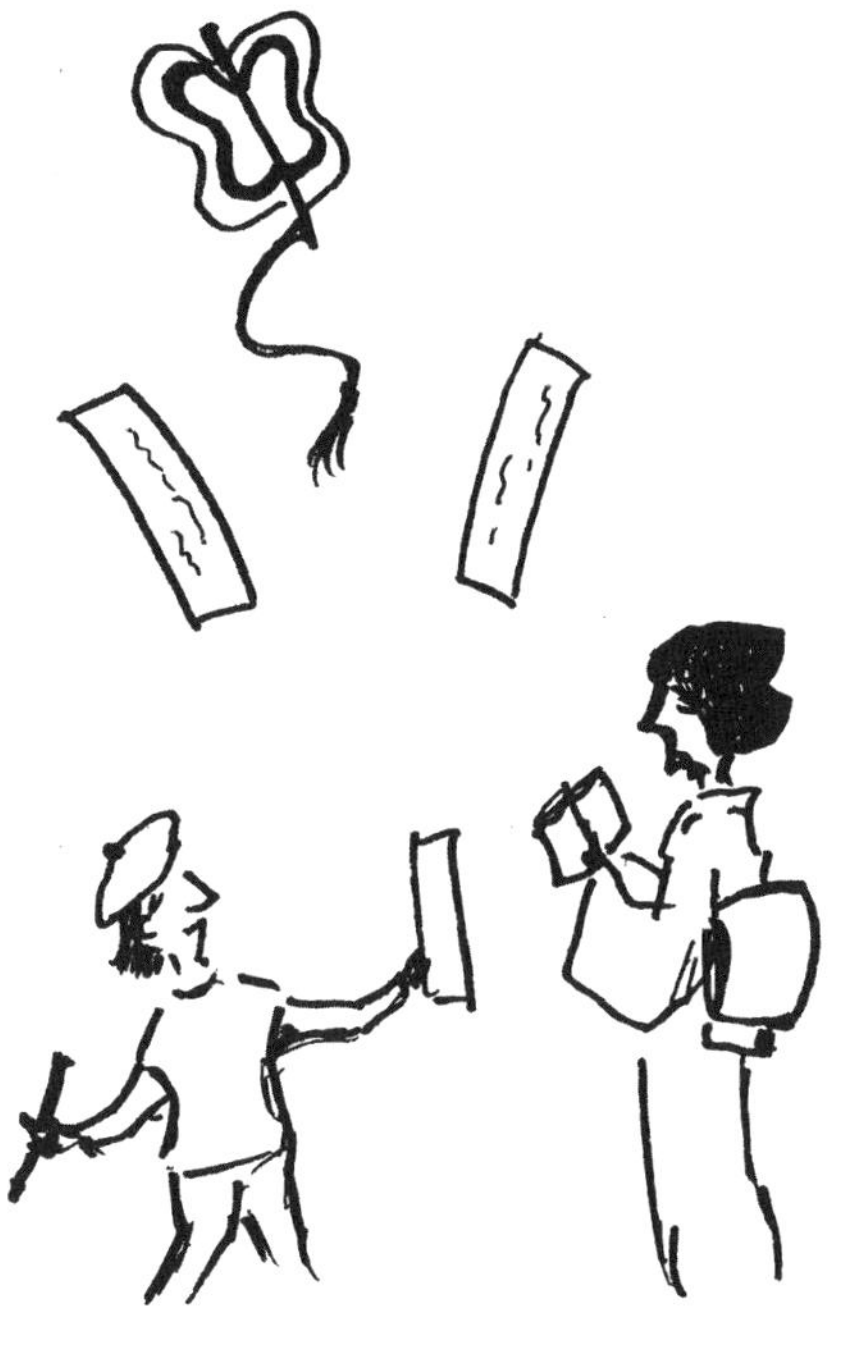

決まり手：切れ字と口語の組み合わせが、まとまりの無い白組の句に対して、歯切れ良くまとまっていたため。

今回の一番勝負：赤組・花子の勝利

このように、どちらの句を採るかが俳句相撲です。こうして番付を増やせば、何番でもできるので、少人数から何千人でも競わせていたようです。

コラム
4

作句の習慣づくり

日本文学史上おそらく、初めて書かれた日記は紀貫之作の「土佐日記」と言われています。平安時代の昔から日記は書かれていたようですね。さらに俳句で書くとなると、時候の挨拶や、季節の風物詩を詠んだり、旅行やその日の出来事を詠んだりして、現代の作者の気持ちが、短い五・七・五の俳句に込められ読みやすくてとてもわかりやすいものです。江戸時代の紀行文として、芭蕉の「奥の細道」などが有名ですね。

では、いざ書こうとしても、どうしたら日記を忘れずに書くことができるようになれるか？　ほとんどのかたがどうしたら良いのかわからないと思います。これは、脳科学の分野では立証されているらしいのですが、21 日間、兎に角、続けて一度書いてみることなのです。

そうすると、脳がそのことを覚えていてくれて、その行為が習慣となるという訳です！　是非、これを読んだかたは実行してみましょう。21 日間たった３週間の努力がその後のあなたの行動に、大きな変化をもたらします。

第五章　季語一覧

この章では、俳句に欠かせない季語を、季節ごとの主要な例をあげて、その意味を解説しています。

春

季語	意味
立春（りっしゅん）	二十四節気の一つ。太陽暦の二月四日頃。
春（はる）	立春から立夏の前日までをいう。
旧正月（きゅうしょうがつ）	陰暦の正月。
針供養（はりくよう）	針仕事を休み、折れた針を豆腐などに刺して供養する。
花見（はなみ）	桜の花を観賞して楽しむこと。
入学式（にゅうがくしき）	入学に際して行われる儀式。
バレンタインデー	二月十四日女性から男性にチョコレートを贈る習慣がある。
雛市（ひないち）	三月節句の前に雛祭に用いる品々を売る市。
雛祭（ひなまつり）	三月三日の節句。女児のある家で幸福と成長を祝う行事。
雛納め（ひなおさめ）	三月節句に飾った雛をしまうこと。

季語	意味
啓蟄（けいちつ）	二十四節気の一つ。太陽暦の三月五日頃。
春寒（はるさむ）	春でありながらまだ寒い。
卒業（そつぎょう）	学校で所定の学業課程を終えること。
伊勢参（いせまいり）	伊勢神宮に詣でること。昔は春に多かった。
彼岸（ひがん）	春分の日を中日として、その前後7日間。
春分の日（しゅんぶんのひ）	彼岸の中日。
入学（にゅうがく）	新たにその学校に入って生徒となること。
憲法記念日（けんぽうきねんび）	五月三日。昭和二十二年日本国憲法が施行された記念。
遠足（えんそく）	遠い道のりを歩くこと。
春暁（しゅんぎょう）	春の夜明け。

季語	意味
早春（そうしゅん）	春のはじめ。
春めく（はるめく）	寒さがゆるみ春らしくなること。
麗らか（うららか）	空が晴れて明るくおだやか。
暖か（あたたか）	彼岸すぎ頃からの陽春のぬくさ。
春一番（はるいちばん）	立春後、はじめて吹く強い南寄りの風。
春疾風（はるはやて）	春の強風・突風をいう。
東風（こち）	春に東方から吹いて来る風。
菜種梅雨（なたねつゆ）	菜の花が盛りの頃に降り続く雨。
朧月（おぼろづき）	春の夜のほのかにかすんだ月。
霞（かすむ）	空がぼんやりとはっきり見えない現象。

季語	意味
春雨（はるさめ）	春に降る細かい雨。
春時雨（はるしぐれ）	春に急に降ってはやむ、にわか雨。
山笑ふ（やまわらふ）	春の芽吹きはじめた華やかな山の形容。
焼野（やけの）	早春に野火で焼けた野。
若緑（わかみどり）	松の若葉などのみずみずしい緑色。
木の芽（このめ）	春に芽吹く木々の芽の総称。
薄氷（うすらい）	春先に薄く溶け残った氷にもいう。
凍解（いてどけ）	春に凍っていた大地がゆるむこと。
春灯（しゅんとう）	春の夜のともしび。
春眠（しゅんみん）	春の眠りは夜に限らず快い。

春

季語	意味
風車（かざくるま）	紙やセルロイドなどで作った子供の玩具の一つ。
ふらここ	ブランコのこと。
春ショール（はるしょーる）	春に掛ける婦人の肩掛け。
梅の花（うめのはな）	早春に葉に先だって花が開く。五弁で香気が高い。
梅が香（うめがか）	梅の良い香りのこと。
桃の花（もものはな）	もも色または白の五弁の花を開く。
桜（さくら）	春の花の代表で花と言えば桜をいう。
花吹雪（はなふぶき）	散り落ちる桜のこと。
花衣（はなごろも）	花見に着る女性の晴れ着のこと。
馬酔木（あせび）	壺形の白い小花が房状に垂れる。牛馬を麻痺させる毒を持つ。

季語	意味
山桜桃の花（ゆすらのはな）	白、または薄紅色の梅に似た花。
辛夷（こぶし）	早春に葉に先だって芳香ある白い六弁の大花を開く。
桜桃の花（おうとうのはな）	さくらんぼの花。
菜の花（なのはな）	アブラナの花。
土筆（つくし）	春先に地上に這い出し形が筆に似ている。
紫雲英（げんげ）	レンゲソウの花。
蒲公英（たんぽぽ）	春に道端、土手などによく見られる黄色または白色の花。
おたまじゃくし	蛙の子をいう。
蛙（かわず）	カエルのことで、古来から田や雨の神とする地域もある。
公魚（わかさぎ）	細長い魚で、結氷湖の穴釣で有名。

季語	意味
鶴帰る（つるかえる）	越冬した鶴が春になり、北へ帰ってゆくこと。
囀（さえずり）	鳥がしきりに鳴くこと。また、その声。
頬白（ほほじろ）	雀よりやや大きい鳥。体は赤いが目の上下が白い。
鶯（うぐいす）	春を告げる鳥とされていて、早春に平地で囀り始める。
谷渡り（たにわたり）	鶯が谷から谷へと渡って鳴くこと。
雲雀（ひばり）	雀よりやや大きく空中高くのぼって囀る。
燕（つばめ）	尾が長く二つに割れていて、日本には春に飛来し、秋に南方へ去る。
燕の巣（つばめのす）	渡来した燕は、毎年同じ場所に古巣を利用して巣を作る。
鳥帰る（とりかえる）	日本で越冬した渡り鳥が、春になって北へ去る。
鳥雲に入る（とりくもにいる）	春、北へ帰る渡り鳥が雲に入るように見えること。

季語	意味
袋角（ふくろづの）	鹿の角は毎年、春に落ち晩春から初夏に生え変わる。
百千鳥（ももちどり）	春に明るく和やかに鳴く鳥の総称。
亀鳴く（かめなく）	春に亀の雄が雌を慕い鳴くというが実際に鳴くことはない。
猫の恋（ねこのこい）	早春の発情期を迎えた猫の行動をさす。
蝶（ちょう）	春の昆虫。早春にまず姿を見せるのが紋白蝶や紋黄蝶。
蛤（はまぐり）	昔から日本人に好まれた二枚貝。
若布（わかめ）	古代から食用として親しまれてきた海藻。
目刺し（めざし）	目に竹串や藁を通して、天日で干したもの。
白子（しらす）	鰯の稚魚を茹でて干したもの。
鰊（にしん）	春の産卵期になると大群で北海道西岸によって来る。

夏

季語	意味
立夏（りっか）	二十四節気の一つ。太陽暦の五月五日頃。
夏（なつ）	立夏から立秋前日までをいう。
端午（たんご）	端五節句の一つ。
子供の日（こどものひ）	五月五日。子供の祝い。かつての端午の節句。
鯉幟（こいのぼり）	鯉の形をした外幟で五色の吹流しと共に出世を祝い立てる。
菖蒲湯（しょうぶゆ）	端午の節句に菖蒲の葉や根を入れて沸かす風呂。
愛鳥週間（あいちょうしゅうかん）	五月十日から一週間。
母の日（ははのひ）	母に感謝する日。五月の第二日曜を当てる。
父の日（ちちのひ）	父に感謝する日。六月の第三日曜を当てる。
夏至（げし）	二十四節気の一つ。太陽暦の六月二十一日頃。

季語	意味
七夕（たなばた）	五節句の一つ。七月七日の夜、星を祭る年中行事。
七夕竹（たなばただけ）	七夕の短冊を下げる笹竹。
山開き（やまびらき）	禁を解いてその年に初めて登山を許すこと。
雲の峰（くものみね）	俗に入道雲といわれる積乱雲のこと。
海の日（うみのひ）	七月第三月曜日。海の恩恵に感謝し海洋国日本の繁栄を願う日。
夏の海（なつのうみ）	夏の海は海水浴で賑わう。
ヨット	小型の西洋式帆船でスポーツや巡航に使われる。
薄暑（はくしょ）	初夏のやや汗ばむような暑さ。
夏めく（なつめく）	夏らしく感じる気候をいう。
五月雨（さみだれ）	五月頃に降る長雨。

季語	意味
風薫（かぜかおる）	初夏の涼しい風がゆるやかに吹くこと。
風光る（かぜひかる）	春の陽光の中をそよそよと風が吹きわたること。
新茶（しんちゃ）	新芽を摘んで製した、その年の新しいお茶。
黒南風（くろはえ）	梅雨の雨雲が黒く垂れこめるときに吹く湿った南風。
青田（あおた）	稲が生育して青々とした田。
新緑（しんりょく）	晩春や初夏の頃の若葉のみどり。
緑（みどり）	夏たけなわの爽やかな木々のみどりのこと。
卯の花（うのはな）	ウツギの花。
麦の秋（むぎのあき）	麦が熟する初夏の頃をいう。
梅雨（つゆ）	六月の頃降り続く長雨。また、その雨期。

季語	意味
更衣（ころもがえ）	季節の変化に応じて衣服を着替えること。
羅（うすもの）	絽、紗、薄衣など軽やかに織った織物。
白南風（しろはえ）	梅雨明けまたは梅雨の晴れ間に吹く南風。
暑し（あつし）	梅雨が明け、炎天の暑さはことに印象的である。
夕立（ゆうだち）	夕方になって急に降る大粒の雨。
虹（にじ）	雨上がりの夏に多く出る。
紫陽花（あじさい）	額紫陽花を原形とする日本原産種といわれる。
葉桜（はざくら）	桜の花が散り葉が生い茂っていること。
水芭蕉（みずばしょう）	雪解けを待って沼沢地に自生する。
薔薇（ばら）	初夏に最盛期となるが、四季咲き。枝に棘があるものが多い。

夏

季語	意味
蝸牛（かたつむり）	木や草に這い上がり雨露をなめ、若葉を食う。
蜥蜴（とかげ）	尾は切れやすく、切れても再生する爬虫類。
時鳥（ほととぎす）	昼夜べつなく鳴く。卵を鶯などの巣に託す。
蛇（へび）	爬虫類であるさまざまな蛇の総称。
蛍（ほたる）	初夏の闇夜に、光りを放ちながら飛んでいる。
郭公（かっこう）	南方から渡来する夏鳥。山や樹林に生息。
筍（たけのこ）	竹の地下茎から出る若芽が筍である。
枇杷（びわ）	枇杷の実のこと。
蚕豆（そらまめ）	蔓草の豆で、莢が空に向かってつく。
苺（いちご）	初夏、赤熟する。

季語	意味
バナナ	熱帯地方からの輸入品が大半。日本では芭蕉科。
さくらんぼ	桜桃の実。
李（すもも）	赤紫色に熟し甘酸っぱい。
杏子（あんず）	梅に似て黄色く熟すからもも。
パイナップル（ぱいなっぷる）	国内では沖縄が主産の夏の果物。
短夜（みじかよ）	夏の夜は短くて明けやすい。
花火（はなび）	納涼の意で夜空に打ち上げられる花火は美しい。
夏帽子（なつぼうし）	夏の強い太陽を避けるための帽子。
甚平（じんべい）	袖なしの甚平羽織を着物仕立てにした単衣。現在では男性用。
扇子（せんす）	あおいで涼をとるもの。

季語	意味
ハンカチ	汗をぬぐうための布。
日傘（ひがさ）	日盛りの外出時にさす傘。
サングラス	夏の陽よけの眼鏡。
香水（こうすい）	香料をアルコールで溶かした化粧水。
素足（すあし）	夏の素足は心地良い。
夏木立（なつこだち）	青葉の茂った夏の木立をいう。
万緑（ばんりょく）	一面に緑であること。
泰山木の花（たいさんぼくのはな）	白い大輪の花を空に向けて開く。
向日葵（ひまわり）	夏に黄色の大きな花を横向きに開く。
百日紅（さるすべり）	桃色、白色などの小花が枝の先端に群がり咲く。

季語	意味
石楠花（しゃくなげ）	枝先に鐘形の花が集まって咲く。
仏桑花（ぶっそうげ）	ハイビスカス。南国の花。
夾竹桃（きょうちくとう）	木の枝先に花を多数つける。淡紅、白、黄と変化が多い。
木下闇（こしたやみ）	木が茂って木陰の暗いこと。
南天の花（なんてんのはな）	庭木に多く白い小花を多数つける。
鹿の子（しかのこ）	鹿は初夏に子を産む。
亀の子（かめのこ）	夏に池などで甲羅干しをしたり泳いだりしている。
燕の子（つばめのこ）	巣の中で餌を待ち並んでいる姿は可愛い。
鴉の子（からすのこ）	夏には親子で尻を振って歩いている姿をよく見かける。
翡翠（かわせみ）	雀より大きくヒスイの玉のような色をしていて美しい。

秋

季語	意味
立秋（りっしゅう）	二十四節気の一つ。節分の翌日にあたる。
秋（あき）	立秋から立冬の前日までをいう。
残暑（ざんしょ）	立秋を過ぎてもまだ暑さがきびしいこと。
秋めく（あきめく）	気候が秋らしくなってきたこと。
終戦記念日（しゅうせんきねんび）	八月十五日。第二次世界大戦終戦の日。
お盆（おぼん）	八月十三日から先祖を供養することで都会では陽暦が多い。
新涼（しんりょう）	新鮮な初秋の涼しさ。
秋口（あきぐち）	秋の初めの頃。
二百十日（にひゃくとうか）	立春から数えて二百十日目の九月一日ごろ。
重陽（ちょうよう）	五節句の一つ。陰暦九月九日菊の節句であった。
敬老の日（けいろうのひ）	九月十五日。長寿を祝う。
秋彼岸（あきひがん）	秋分の日を中心とした前後7日間。
燈火親し（とうかしたし）	燈火の下で読書や団欒をすること。またその頃。
夜長（よなが）	秋になると夜がめっきり長くなったと感じること。
夜食（やしょく）	夕食のあとの夜長にとる軽い食事。
秋晴れ（あきばれ）	秋空が澄んで晴れ渡ることをいう。
天高し（てんたかし）	秋になると大気が澄み、空が高く感じられる。
鰯雲（いわしぐも）	魚の鱗のように見える雲。
月（つき）	一年の内で秋が最も美しい。
十五夜（じゅうごや）	一年の内で月が最も美しいといわれる秋の満月。

季語	意味
十六夜（いざよい）	名月の翌夜の月をいう。
十三夜（じゅうさんや）	後の月といわれ陰暦九月十三日の夜の月。
釣瓶落とし（つるべおとし）	秋の日の落ちることを井戸の釣瓶にたとえたもの。
星月夜（ほしつきよ）	満点に輝く星で月夜のように明るく美しいこと。
天の川（あまのがわ）	秋の夜空には特に美しく大河のように見える。
流星（りゅうせい）	流れ星のこと。八月中頃が最も多いと言われる。
野分（のわき）	草木を吹き分ける暴風。台風のこと。
山粧う（やまよそおう）	紅葉に彩られた山をいう。
霧（きり）	秋に水蒸気が凝結してけむりのように見えること。
露（つゆ）	空気が冷えて水蒸気が地物の表面に凝結した水滴。

季語	意味
秋の野（あきのの）	いろいろな草花が咲き乱れ美しく豊かである。
花野（はなの）	花の咲いている秋の野辺。
水澄む（みずすむ）	秋は夏に比べて水が澄んでくる。
秋の海（あきのうみ）	高い秋空の下に広がる爽やかな感じの海。
紅葉（もみじ）	秋に木の葉が赤や黄色に色づくこと。
黄葉（もみじ）	秋に木の葉が殊に黄色く色づくこと。
朝顔（あさがお）	朝になるとラッパ形の花を開き、夜になるとつぼむ。
秋の七草（あきのななくさ）	秋に咲く、萩、芒、葛、撫子、女郎花、桔梗、藤袴の七種。
コスモス（こすもす）	秋に咲くので秋桜ともいう。
カンナ（かんな）	熱帯地方に多いが日本では、七月から十一月と花期が長い。

秋

季語	意味
破れ芭蕉（やればしょう）	秋風の頃に葉が裂けはじめる。
鶏頭（けいとう）	秋に鶏冠のような花を咲かせる。
白粉花（おしろいばな）	可憐な花の黒い種の中に白い粉があることからの名。
鬼灯（ほおずき）	袋状に膨らんだ熟した果実には珊瑚のような玉の種がある。
桃（もも）	春に咲く桃の花の実。
梨（なし）	秋の果物の代表。
葡萄（ぶどう）	古代から美味で食用とされてきた秋の果物。
柿（かき）	甘柿と渋柿とがある秋の果物。
熟柿（じゅくし）	熟して柔らかくなった柿。
林檎（りんご）	冷涼な地方で栽培される秋の果物の代表

季語	意味
無花果（いちじく）	卵形のような実を出すが花は内部に多数ある。
芋（いも）	品種も多く秋によく取れる。
衣被（きぬかつぎ）	里芋の子を皮のままゆでたもの。
栗（くり）	実のことをいう。外側には刺がある。
団栗（どんぐり）	主にクヌギの実をいう。
胡桃（くるみ）	秋の実。殻は固く実は栄養価が高い。
鹿（しか）	秋に交尾のために鳴く声が哀愁がある。
馬肥ゆる（うまこゆる）	秋になると皮下脂肪が増えて太る。
虫（むし）	秋に鳴く虫の総称。
蟋蟀（こおろぎ）	きりぎりすとも呼ばれていた。

季語	意味
鈴虫（すずむし）	雄は鈴の音のように美しく鳴く。草むらに多い。
蛇穴に入る（へびあなにいる）	晩秋に蛇は穴に入り冬眠する。
渡り鳥（わたりどり）	繁殖地と越冬地が違い定まった季節に移動を繰り返す鳥。
啄木鳥（きつつき）	樹木に嘴で巣を作ったり餌を捕食したりする。
蜩（ひぐらし）	かなかなと朝夕に鳴く。
法師蝉（ほうしぜみ）	秋の初めにつくつくほうしと鳴く。
蜻蛉（とんぼ）	種類も多く殊に俳句では秋に詠まれる。
蜉蝣（かげろう）	蜻蛉より細く長い尾で透明な翅があり弱々しい虫。
馬追（うまおい）	馬を追う声に似ているのでついた名。すいっちょと鳴く。
鰯（いわし）	特に秋に美味しくよく捕れる。

季語	意味
秋刀魚（さんま）	九月から十月頃に北から九十九里沖まで南下してくる。
鮭（さけ）	九月頃から産卵のため群れを成して故郷の川を上る。
雁（かり）	秋に渡来し、春に北へ帰る。
鵙（もず）	秋に鋭い声で鳴く。
猪（いのしし）	晩秋になると夜に山から下りて田畑を荒す。
金木犀（きんもくせい）	橙色の花が咲き枝が多く良い香りがする。
木槿（むくげ）	花は五弁で栄華の儚さに例えられる一日花。
秋の声（あきのこえ）	秋になると物音の響きに敏感になる。
盆の月（ぼんのつき）	お盆の頃の月をいう。
良夜（りょうや）	名月の月が美しいこと。

冬

季語	意味
立冬（りっとう）	二十四節気の一つ。太陽暦の十一月七日頃。
冬（ふゆ）	立冬から立春の前日までをいう。
冬ざれ（ふゆざれ）	見渡す限り冬の景色で荒れ寂びた感じをいう。
三寒四温（さんかんしおん）	冬の寒さが三日続くと次の四日間は暖かいこと。
冬めく	冬らしくなりはじめたことをいう。
霜（しも）	夜に発生する氷晶で、夜明けになると一面白く輝く。
霜柱（しもばしら）	地中の水分が凍って地表に現れる現象。
小春日（こはるび）	まるで春のように暖かな晴れた日。
雪（ゆき）	大気中の水蒸気が結晶となり地上に降ること。
冬至（とうじ）	二十四節気の一つ、十二月二十二日頃。

季語	意味
柚子湯（ゆずゆ）	冬至に入る柚子を入れた風呂。
師走（しわす）	一年の最後の月で師（僧）までも忙しいと言われる。
寒（かん）	立春までのおよそ三十日間。
氷柱（つらら）	雨雪などの水が凍って棒のように垂れさがったもの。
木枯（こがらし）	木を枯らすほどの強い北風。
虎落笛（もがりぶえ）	竹垣などに北風が吹きつけて発する笛のような音。
冬帽子（ふゆぼうし）	冬に防寒用にかぶる帽子。
襟巻（えりまき）	首に巻いて寒さを防ぐもの。
着ぶくれ（きぶくれ）	寒さを防ぐための重ね着などで体が膨れて見えること。
セーター	毛糸などで編んだ上着。

季語	意味
湯豆腐（ゆどうふ）	湯豆腐を湯に入れて煮る鍋料理。
暖房（だんぼう）	室内を暖めること。炬燵やエアコンなど、さまざまな器具を言う場合もある。
息白し（いきしろし）	吐く息が白く見える。
探梅（たんばい）	早梅を探し山野を歩きまわること。
年忘れ（としわすれ）	忘年会のことをいう。
年用意（としようい）	新年を迎えるための支度を整えること。
飾売（かざりうり）	正月用の飾りを売ること。
餅搗（もちつき）	正月用の餅を搗くこと。
年越蕎麦（としこしそば）	大晦日の夜に食べる蕎麦。
大晦日（おおみそか）	十二月の末日。

季語	意味
豆撒き（まめまき）	節分の夜に鬼を追い邪気を払う行事。
水鳥（みずとり）	冬の水上の鳥を総称していう。
寒雀（かんすずめ）	冬は着膨れたような姿で身近にいる雀のこと。
鶴（つる）	冬の水鳥で、古来長寿の動物として尊ばれた。
梟（ふくろ）	鈍い声で鳴き、夜に巣から出て餌を食べる。
鴨（かも）	冬の水鳥で、秋に渡来し春に北へ帰るものが多い。
牡蠣（かき）	二枚貝で滋養に富み美味。特に寒中が旬。
鱈（たら）	北の海で獲れる冬の魚。
河豚（ふぐ）	毒を持つが美味とされている。
寒の水（かんのみず）	寒中の水は冷たく清らか。

冬

季語	意味
蜜柑（みかん）	冬の果物の代表。
枯葉（かれは）	枯れている葉をいう。
落葉（おちば）	枯れ果てて落ちている葉をいう。
冬紅葉（ふゆもみじ）	冬になっても紅葉していること。
帰り花（かえりはな）	かえり咲きの花。
木の葉（このは）	枯れて木にある葉をいう。
冬枯（ふゆかれ）	冬になり辺りが枯れている風景をいう。
寒牡丹（かんぼたん）	厳冬に花を咲かせる観賞用。
石蕗の花（つわのはな）	黄色い蕗の花で冬にひと際美しい。
山茶花（さざんか）	園芸種が多く冬のは垣根などに咲く。

季語	意味
早梅（そうばい）	季節より早く咲いた梅。
八手の花（やつでのはな）	大きな掌のような葉に丸い小花を付ける。
茶の花（ちゃのはな）	茶葉の花で、小さめの白い花が咲く。
水仙（すいせん）	雪中花とも呼ばれ寒い冬に咲く。
ポインセチア	クリスマス用に普及し、葉が冬に色付き美しい。
葱（ねぎ）	独特の香りと辛みがあり日本料理には欠かせない。
大根（だいこん）	主に根を食べるが葉も食べれる。冬が旬の野菜。
白菜（はくさい）	漬物や鍋料理に美味しい。
蕪（かぶ）	主として根を食べるが葉も食べれる。根は球形。
人参（にんじん）	橙色の根菜。

新年

季語	意味
去年今年（こぞことし）	一夜明ければ昨日は去年であり、今日は今年である。
新春（しんしゅん）	陰暦では立春の頃をいったが陽暦での新年のことをいう。
初春（はつはる）	お正月を春として祝うこと。
初日の出（はつひので）	今年初めての日の出をいう。
元旦（がんたん）	元日の朝をいう。
正月（しょうがつ）	一年の最初の月。
初昔（はつむかし）	新しい年の初めに旧年を振り返ることをいう。
三が日（さんがにち）	一月一日からの三日間をいう。この間毎朝雑煮で祝う。
松の内（まつのうち）	お正月の元旦から六日までをいう。関西では十五日間。
初富士（はつふじ）	元日に仰ぎ見る富士山。

季語	意味
門松（かどまつ）	新年を祝い門口や門前に立てる松。
初御空（はつみそら）	元旦の空をいう。
屠蘇（とそ）	元旦に飲む薬酒の一種。
初夢（はつゆめ）	お正月の二日に見る夢。
初声（はつこえ）	元旦に初めて聞く鳥の鳴く声。
福寿草（ふくじゅそう）	黄金色の花は太陽に向いて咲く。
淑気（しゅくき）	お正月のすがすがしく荘厳の気に満ちる感がある。
七種粥（ななくさがゆ）	七種の春の七草を入れた御粥。
小正月（こしょうがつ）	一月十五日を祝う正月。小豆粥を食べる。
二十日正月（はつかしょうがつ）	一月二十日に祝う正月。お正月の魚の骨で馳走を作り正月儀礼を終えた。

著者
上野　貴子（うえの　たかこ）

俳句作家。

1960年千葉県出身。高校時代演劇部の県大会で優勝したことがきっかけで女優に憧れ、玉川大学に入学と共に上京。同大学演劇専攻科を卒業後、本多スタジオでの公演で主演に抜擢され、数々の舞台を経験。27歳で結婚し友人の劇団に参加。

その後、離婚と共に俳句と出会い、伊藤園「お～いお茶俳句大会」にての奨励賞受賞を契機に本格的に俳句の勉強を始める。40歳を迎えると同時に再婚という幸運に恵まれ、更に俳句活動に専念。ホノルルフェスティバル「平和文学賞」「現代日本文芸作家大賞」など数々の賞を受賞。

三軒茶屋を拠点とした「おしゃべりHAIKUの会」を主宰し、カルチャースクールやネット講座での俳句講師を務める。ライフワークとしては、毎日俳句日記を10年以上書き続けている。2013年「uenotakakoの俳句ＴＶ」の開局。俳句雑誌への掲載や、TV、ラジオにも出演。そして2014年には8月19日を俳句記念日と制定（日本記念日協会認定）し、俳句検定®を設け一般社団法人俳句文芸協会を設立。ひとりでも多くの方に俳句ファンに成って頂きたくさまざまな分野に発表し続けている。

著書:『物思ひ』『俳句ダイアリー』『曇りのち晴れ』『おしゃべりケーキ物語』『上野貴子俳句全集』その他、『お誕生日俳句　生まれたてのあなたへ：ショートポエムで綴るバースデー』（1～3月編、4～6月編、7～9月編、10～12月編）計4冊（プラスワン・パブリッシング[kindle版]）など。

上野貴子オフィシャルWEBサイト：http://uenotakako.com

【STAFF】
■編集・制作　有限会社イー・プランニング
■本文デザイン・DTP　小山弘子

基礎からわかる　はじめての俳句
上達のポイント　増補改訂版

2024年　6月15日　　第1版・第1刷発行

著　者　上野 貴子（うえの　たかこ）
発行者　株式会社メイツユニバーサルコンテンツ
　　　　代表者　大羽 孝志
　　　　〒102-0093 東京都千代田区平河町一丁目 1-8
印　刷　株式会社厚徳社

◎『メイツ出版』は当社の商標です。

ご意見・ご感想はホームページから承っております。
ウェブサイト　https://www.mates-publishing.co.jp/

企画担当：大羽孝志／清岡香奈

※本書は2020年発行の『基礎からわかる はじめての俳句 上達のポイント 新版』の内容に作例と添削例を追加し、加筆・修正を行った増補改訂版です。